Nuala llegó cuando nadie miraba

Francisco Blázquez Munuera

® Duineacu ltd., 2016

® Paula Araújo Losas / Nicolás Mendoza - Portada y Diseño

Consultor ortotipográfico: Uriel Pascual - Oportet Editores

1ª edición

ISBN: 978-84-608-8893-2

RPI: Nº Solicitud: M-003503/2016 Nº de Expediente: 09-RTPI-03828.1/2016

Título Original: Nuala llegó cuando nadie miraba.

Autor: Francisco Blázquez Munuera

Impreso en España / Printed in Spain

Editado por Duineacu ltd.

A mi madre.

Y a todas las madres en general.

A las que lo fueron, a las que lo son y a las que lo serán.

A quienes simplemente lo desearon.

He bebido de muchas fuentes para escribir este relato.
Quiero agradecer el haberme inspirado, apoyado y soportado:

a mis hijas,
a mi chica, a su hijo,
a mi familia,
a mi gente.

ÍNDICE

NUALA LLEGÓ CUANDO NADIE MIRABA

Solo una línea de luz. Bajo un lecho de estrellas, una delgada, delgadísima línea al final del mar, divide el dormido horizonte en dos. Poco a poco las aguas despiertan y la luz separa dos reinos.

El sol nace faraónico sobre un espejo revuelto, que lentamente emborrona las luces sobre las olas, que se diluyen ante la luminosa presencia del astro.

La playa vuelve a mostrarse vacía, atontada, recién bautizada. Pronto llegarán los madrugadores, corredores, y yo me habré ido. Vuelvo a casa, la noche se ha apagado y nada me espera en este lugar ahora.

Nuala cerraba cada mañana su diario con algún texto. *Es hora de hacer el día*, solía añadir.

A pesar de no tener ningún indicio, sabía que el día era diferente. Hoy comenzaba la ronda de entrevistas con sus amigos. Solo los más cercanos. Aquellos que eran sentidos como especiales, por cualquier razón. No eran muchos, y Nuala confiaba en no dilatar demasiado esta etapa. Estaba convencida de encontrar los patrones que andaba buscando.

Nunca estudió Psicología o Sociología; al menos, eso dijo a sus amigos. En realidad, poco sabían de ella. Todos conocían una faceta de su vida, la que ella les daba. A cada uno distinta, a cada cuál una versión.

Nuala era como un prisma de cristal, que dependiendo de la luz que recibía, se comportaba de una u otra manera.

¿Para qué definir?

LA DOBLE LUNA

Nuala llegó al cuarto que le servía de hogar. Vivía en una vieja pensión, situada en el corazón de la blanca ciudadela. Escondida en las antiguas y angostas calles, hundidas en un pasado mozárabe. La pensión pertenecía desde siempre a doña Isabel, quien seguramente la habría heredado de su madre. Regentaba el oscuro lugar manteniendo a duras penas los gastos. Ahora, la ley era muy estricta y los costes de tener el negocio en regla se comían el escueto beneficio. Pero no tenía más. Doña Isabel y la pensión de La Doble Luna, eran un uno, un todo. Nadie imaginaba la pensión sin su *madame*, ni a doña Isabel sin la vieja pensión. Nuala tampoco. Aunque lo único que le importaba es que le siguiera alquilando el ático, un cuartucho de paredes de madera y enormes ventanales. Construido en la época de gloria de la pensión para albergar el cuarto de secado de ropa. Ahora no pasaría una inspección, parecía que se iba a caer en cualquier momento.

Pero para Nuala esas ventanas abiertas, la corriente de aire, las vistas de los tejados de la ciudad en las cuatro direcciones, eran su hogar. Su lugar.

Al abrir la puerta, la corriente empujó las ventanas del sur y los papeles sobre la mesa salieron volando. El zumbido del viento era aún más apabullante que el día anterior. La primavera llegaba este año aulladora, como dijo la vieja de la fuente. Nuala no pudo evitar asociar ambos hechos. Se agachó para recoger los folios y extendió el brazo cerrando la crujiente ventana. El aire cesó, pero el zumbido se hizo todavía más fuerte.

Aprovechó para poner en marcha la grabadora. Cada mañana, desde hacía varios días, Nuala grababa el bramido del viento durante unos minutos. Siempre en el mismo instante, para que la comparación de muestras fuera efectiva. Seguía con las palabras de la guardesa de la fuente aún en la cabeza.

Esperó tumbada el paso de unos minutos. Fantaseando con frases ocultas en el fuerte ulular del viento. Soñando con mensajes de seres lejanos, de las almas perdidas que el viento se llevó y que retornaban para iluminar su camino.

Cuando terminó, Nuala tomó el desayuno. Colocó ligeramente el desordenado cuarto y cogió su mochila. La llenó con el cuaderno de notas y un par de bolígrafos. Añadió también su mp3, una botella de agua y el negro colgante de obsidiana que usaba como amuleto.

Tras comprobar que las macetas tenían agua y que las ventanas quedaban cerradas, salió del cuarto. Contó tres vueltas completas de llave en la sucia cerradura. Doña Isabel insistía en que debía cerrar de este modo cada vez que saliera.

«Absurdo, la puerta se cae de una patada».

El camino hacia la catedral era cuesta abajo. Era el único edificio que, visto desde el cuarto de Nuala, se erigía sobre los tejados de la ciudadela. El resto quedaba a sus faldas, como seguramente fueron construidos muchos siglos atrás.

La catedral era el orgullo de la ciudad. La construcción más emblemática e importante para todos. Era el recuerdo de la importancia que en algún momento tuvo que tener aquel pequeño asentamiento junto al mar. Ignorado por los libros de historia, sin un solo renglón que justificara el porqué de tan soberbio templo en un lugar olvidado por todos. Los últimos descubrimientos en su cripta desempolvaron unos rollos de pergamino. Hacían referencia a la futura construcción de una iglesia en honor a la Virgen de Guadalupe en Cáceres, por su intercesión en la batalla del Salado, ordenada por Alfonso XI.

La construcción era tan extraña que no era valorada por los expertos. Argumentaban que su anómala planta corroboraba que era una estafa. Una nave central cruzada por siete transversales, con siete cúpulas, todas distintas entre sí. Pero todos los indicios apuntaban en otra dirección; salvo esta singular particularidad, no había nada que indicara que la catedral era un fraude.

Algunos justificaban su forma argumentando que fue una maqueta para constructores, un lugar de aprendizaje para los aprendices, que posteriormente fue terminado y rematado para ser aprovechado de alguna manera.

Lo cierto es que su origen era solo uno de sus muchos misterios. Un secreto más, que se envolvía de leyenda y que el pueblo aireaba de modo orgulloso.

Durante la mañana, era un lugar muy tranquilo y solitario. No se oficiaba ninguna misa desde las seis. Para Nuala no había otro sitio mejor para sentarse a trabajar. Escribía cuentos de temática infantil. Allí podía sumarse a la paz del recinto y dejar su mente libre para imaginar placenteras historias que contar. Los mosaicos de luz que las vidrieras arrojaban sobre el adoquinado suelo le permitían jugar a crear escenas con siluetas y formas. Su mente las canalizaba y convertía en maravillosos cuentos para niños.

Aquella mañana no estaba tranquila. No había dormido bien. Hacía noches que no descansaba y despertaba de modo abrupto, descolocada, fuera de la cama, tendida en el suelo de su habitación con mucho frío y una extraña sensación.

Los murales parecían distintos, las estatuas estaban forzando la pose, y el silencio del que siempre disfrutaba se hincaba en sus tímpanos como preludio a algo terrible. Estaba tensa.

Quizás fuera su imaginación, pero donde otras veces veía color y armonía, hoy no percibía más que sombras inquietas y pulsos inestables.

Levantó la mirada. Buscó el haz de luz del ventanal principal de la nave. Solía hacerse visible gracias al polvo en suspensión, como un chorro bendito que entraba en el templo. Pero no pudo encontrarlo. Era como si no entrara luz a través del enorme rosetón que presidía la nave central.

Decidió dejarlo por ese día. Recogió sus cosas. Se apresuró a salir del templo sin mirar atrás, con la sensación de ser observada por miles de ojos posados en su espalda.

Sintió alivio al salir al exterior. Había comenzado a lloviznar. Una fina capa de agua que contrastaba con el calor que sentía envolvió su ansiedad.

«Mejor, mucho mejor. Compraré algo de fruta en la tienda de la cuesta antes de subir a casa. Seguro que el viento ha amainado y puedo escuchar las grabaciones».

Abordó la calle empinada, dejando atrás unos pensamientos y sensaciones que seguro retornarían más tarde.

...

No era doña Isabel muy amiga de dar explicaciones, pero le encantaba meterse en la vida de los demás. Y pedirlas. Allí estaba, junto a la escalera, esperando la llegada de Nuala.

—Podías haber dicho que esperabas visita —espetó a modo de saludo.

Nuala levantó la mirada sorprendida. No esperaba a nadie. Buscó los ojos de la alterada *madame* dándole pie a continuar la retahíla:

—Al menos no se han quedado. El próximo día me avisas porque todo estaba patas arriba. El pasillo aún sin adecentar. Menos mal que no han querido subir, que si no...

—No espero a nadie. No sé quién ha venido y dudo mucho que alguien sepa que vivo aquí —contestó.

—¿No? Pues dijeron que eran amigos tuyos... ¡A saber en qué lío te has metido! Si es algo ilegal, que sepas que te echo de inmediato. No quiero historias con la policía. ¡Que luego me espantan los clientes!

«¿Qué clientes? Si esto está vacío hace años por cutre y viejo...», pensó Nuala.

—Mire, señora Isabel, seguramente se trata de un error. No tengo familia aquí y poca gente sabe que me alojo en su... establecimiento. ¿Está segura de que venían por mí?

—Sin duda alguna. Preguntaban por una chica como tú, y por lo que decían, buscaban a la chica de la iglesia. Que yo sepa, la única que va allí eres tú. ¿O no?

Nuala levantó los hombros en señal de no saber nada. Le hizo un gesto a la indignada señora y comenzó a subir los tres pisos hasta llegar a su ático. Mientras subía, se preguntaba el porqué de tanta circunstancia extraña en los últimos días.

Cuando llegó a la puerta, miró con cuidado que nada estuviera alterado, buscando alguna señal que le indicara si alguien había tratado de entrar en su casa. «Pero quién va a querer entrar aquí...».

Todo estaba en orden en el interior. Las ventanas cerradas como las dejó, y todo aparentemente en el mismo lugar que cuando salió. Una vez entró, cerró desde dentro con las tres vueltas pertinentes. Decidió hacerse una infusión para pensar en los últimos acontecimientos.

Se tumbó en el centro de la estancia, con la cabeza hacia el norte, como siempre, para aclarar ideas. Puso en marcha el reproductor de mp3 con la grabación del viento de la mañana.

Una vez. Otra.

El sonido del viento corría esta vez estéril por la habitación. Nuala mantenía los ojos cerrados, escudriñando cada matiz, cada cambio de tono. Al cabo de un rato, se incorporó y encendió el ordenador. Abrió un programa de edición de audio y escuchó el sonido invertido. Sonando del final al principio.

Al igual que antes, una vez. Otra.

El sonido del viento escuchado al inverso es suave. No distorsiona el sonido original. Al contrario que la voz, que invertida pone los pelos de punta. Parecen espectros que arrancan susurros y respiraciones del silencio. Impresiona. Provoca reacción de rechazo si no hay costumbre. Pero no a Nuala. De todos modos, prefería jugar con el viento. Era más amable.

Comió un par de manzanas. Miró por las ventanas pausadamente, con la cabeza sumida en profundos pensamientos, perdiendo la mirada. La tarde vendría cálida, el aire ya no golpeaba los cristales. La paz se apoderaba del pueblo al llegar la siesta.

Volvió a tumbarse. Esta vez cabeza al sur. Escuchó el fragmento en ambos sentidos una vez más.

«Debo encontrar sentido al sonido. Ha de haber una guía, un sonido base que me lleve a aprender a escuchar. No hay casualidad, estoy segura…».

La tarde cayó y Nuala quedó dormida.

…

De las entrevistas que quería hacer por la mañana, poco quedaba salvo la buena intención. Nuala estaba escribiendo una teoría sobre los círculos de amistades. Los organizaba por nexos de dependencias emocionales, gustos, aficiones, fobias, amores, etc. Había creado un enorme fichero en formato Excel, donde relacionaba cada matiz de cada persona con los similares en otras, creando una red de mil dimensiones que parecía un ovillo de lana.

Su idea era empezar a esquematizar por qué una persona es especial para otra, basándose en esos patrones de dependencia emocional que poco a poco había ido tejiendo de modo paciente y observador. El último paso, o así ella lo creía, era entrevistar a cada individuo y dejar que sus palabras describieran lo mejor de él, sus lazos y uniones, sus vinculaciones, sus lealtades y traiciones.

Dormida sobre el suelo de su cuarto, recuperaba el descanso que tanta falta le hacía. El tiempo ya era suficientemente cálido. Resultaba placentero tumbarse en las templadas tablas de aquel cochambroso ático.

Apenas se levantó para cerrar todas las cortinas y se dejó caer en la cama. Rendida y profundamente sumida en un letargo de recuperación. Su cuerpo lo necesitaba.

La noche debía ser tranquila, merecía que la noche acunara su reposo.

Una tabla crujió, y Nuala tuvo la certeza de que alguien estaba en el descansillo, frente a su puerta. Se incorporó en silencio, tratando de calmar la respiración que delataba su posición. Se acercó de modo sigiloso a la puerta.

Podía sentir una presencia al otro lado. Algo permanecía inmóvil, acechando quieto, en perfecto silencio. Solo les separaba una vieja tabla de madera agrietada. Era tiempo de callar, de oír el vacío de sonido, de los latidos impertinentes que golpeaban sus tímpanos.

Durante largos minutos, parecían estudiarse desde ambos lados de la puerta. Por fin, en el descansillo de la escalera, se oyó el clic del interruptor. Unos fofos y cansinos pasos delataron a doña Isabel.

«¿Será cotilla? ¿Cuánto tiempo llevará fisgando? ¿Se atreverá a subir a casa cuando no esté?». Aquel último pensamiento hizo que un escalofrío recorriera su espalda como un latigazo.

Comenzó a buscar rincones donde esconder su diario, su bloc de bocetos, sus grabaciones, el cuaderno de campo que llevaba a la catedral cuando buscaba nuevos cuentos…

La noche debía ser tranquila, Nuala merecía que la noche acunara su reposo.

LOS AZULEJOS DE SAN PATRICIO

«Erigir una catedral es un continuo acto de rebeldía. La soberbia de crear algo grandioso, en consonancia con la imagen de Dios; puro, grande, poderoso..., se enfrenta con los demonios mundanos del hombre, que juegan a esconder en los pequeños detalles la naturaleza del mal que en todos habita...». Así describía Jesús, el que fuera profesor de Filosofía de Nuala, el hecho de que, en la Edad Media, el hombre se volcara en los grandes templos. O así lo recordaba ella.

Por ello se entretenía buscando estas pequeñas trazas, mitad mundanas, mitad demoniacas, bajo el esplendor del increíble despliegue artístico de la catedral. Encontrarlo en gárgolas, lienzos de retablos y bajorrelieves era demasiado fácil y evidente. A ella le gustaba hallar combinaciones más elaboradas, más complejas.

De hecho, el simple juego cabalístico del número siete de las naves transversales ya era un buen comienzo.

Nuala buscaba ahora en los azulejos del suelo los desgastados adoquines adornados que parecían contar mensajes que nadie había parado a descifrar. En su mente, los existentes en San Patricio y Christ Church de Dublín le abrían un mundo de posibilidades. Recordaba cuán ricamente estaban adornados los suelos en estos dos templos irlandeses, y se preguntaba hasta qué punto podrían estar conectados. De vez en cuando buscaba información en Internet. Había solicitado permiso para subir al coro y poder contemplar desde una perspectiva cenital, el diseño del suelo de la catedral.

Hoy no bajaría a la playa. De hecho, aún afectada con el episodio de la noche anterior, sentía recelo al mirar hacia la puerta.

Dormía siempre con una mano en la pared y un pie como mínimo fuera de la cama. De este modo, mantenía contacto con la realidad al margen de sus sueños. Eso decía. El tacto del yeso de la pared le conectaba con el mundo real, no importaba lo lejos que volaran sus pensamientos. Era el camino de vuelta. La cadena que le daba seguridad. Por este motivo, muchas mañanas tenía el brazo dormido, la mano atontada. Le costaba un rato recuperar el control.

Miraba la puerta mientras esperaba sentir la mano de vuelta. Se preguntaba las razones que tendría la casera para estar espiándola. Qué relación habría entre eso y la visita de los desconocidos por la mañana. Y qué sentido tendría todo ello.

Ya con dos manos operativas, se incorporó para desayunar. Quería retomar las entrevistas que dejó el día anterior sin hacer. Debía ser rápida, ya había amanecido y por la cantidad de luz que entraba, ya no sería temprano.

La habitación de Nuala era como una torreta, una pequeña almena sobre un blanco edificio que se elevaba sobre toda la ciudad. Sin duda, las mejores vistas. Podía mirar en los cuatro puntos cardinales y nada se interponía en el paisaje.

Norte y este daban al mar, a unos cientos de metros. Sur y oeste le ofrecían una inmensa llanura hasta las lejanas montañas, que apenas levantaban dos centímetros sobre el horizonte. Y siempre sobre un lecho de viejos tejados y terrazas plagadas de geranios.

Volcó la mochila y extendió todos sus bártulos sobre la mesa, comprobando que llevaba el cuaderno de notas, los lápices, y por supuesto, la grabadora. Pilas de recambio, un bolígrafo y caramelos de menta. Todo ok. Volvió a meter todo en la bolsa.

«Uff, la cámara de fotos. Menos mal que me he acordado...». Abrió un pequeño cajón en la mesilla y sacó su Canon 500D. Hace años se había aficionado a la fotografía. Sacaba buen provecho a su capacidad imaginativa con ella. Hacía fotos increíbles. De hecho, estuvo tentada por una oferta como fotógrafo de viajes que un periódico local le había propuesto. Pero desde que el *boom* del Photoshop arruinó la fotografía analógica, solo usaba la cámara para fines privados.

Quería fotografiar el suelo de la catedral, presentía que hoy tendría una oportunidad.

Salió de la habitación echando las tres vueltas de llave, sin poder quitar de su cabeza la imagen de la casera espiando tras la puerta. Esperaba encontrarse con ella en la escalera y preguntarle sobre ello.

No fue así. Llegó a la calle y encontró el portón de salida cerrado. Cosa inusual, siempre estaba abierto. Se extrañó por ello, pero pronto estaba bajando la calle en busca de Malva, la primera de la lista para ser entrevistada.

El cuerpo de la entrevista era igual para todos sus contactos. Se trataba de unas preguntas básicas sobre la opinión que tenían de su propia persona, para pasar después a una ronda de preguntas más profundas. Les pedía enumerar aquellos aspectos de los que estuvieran más orgullosos. También de los que más se avergonzaban. Tras ello, comenzaba el turno de hablar de terceros. Siempre en tono positivo, y buscando lo que sostiene el lazo entre las personas relacionadas. De este modo, podría marcar qué cualidad de cada persona es más importante para sus conocidos, y de qué modo incide esto en la estructura de las relaciones.

Estaba serpenteando por las estrechas y blancas calles cuando quedó prendada de un grafiti en una de las paredes del supermercado. Era una crítica al maltrato animal, con escenas de tauromaquia y caza, con mucha sangre y muy gore. Junto a la firma del autor había un dibujo que le resultaba familiar: una especie de jabalí esquematizado, una silueta. Parada frente al dibujo, estrujó su mente en busca de dónde había visto con anterioridad ese dibujo. «¡Ya!», exclamó.

Se sentó en el suelo y extrajo el bloc de notas de la mochila. Hojeó el libro hasta encontrar un boceto en una de las páginas centrales. Era el mismo jabalí. Ese dibujo provenía de la catedral, de uno de los azulejos del suelo; para ser exactos, de un detalle sobre cuatro azulejos. Entonces recordó que cuando lo dibujaba, se dio cuenta de que era idéntico a uno existente en la catedral de San Patricio, en Dublín. El mismo dibujo, el mismo animal, ¿mismo mensaje? Era extraño. En Dublín, en la catedral, y ahora en un grafiti.

Buscó la firma del dibujo. «Asociación ANILIBER para la defensa de los animales», rezaba una línea junto al dibujo del jabalí. Anotó en su bloc la referencia con la idea de tratar de localizarlo en internet más tarde.

Siguió su camino, pero ahora más despacio, barruntando. «El jabalí estaba considerado una bestia del demonio —iba pensando—, pero a la vez era parte del sustento de los aldeanos en la época medieval. Es seguro que en Dublín habría jabalíes en la época que erigieron la catedral, pero no tengo claro que eso ocurriera también aquí. ¿Por qué entonces este símbolo? Quizás represente una figura demoniaca frente al poder de Dios..., no sé, tendré que investigar... Si fuera un macho cabrío, estaría más claro su símbolo, pero un jabalí... Además, ¿qué pinta como símbolo de un grupo en defensa de los animales?».

...

La casa de Malva tenía estructura árabe. Un portón de entrada daba paso a un patio con una pequeña fuente central, con una galería de arcos abiertos. Muchas plantas y agua corriendo por varios canales a lo largo del perímetro del patio. El frescor del verde y agua se notaba nada más entrar.

—Humm... ¡Cómo me gusta tu casa! —dijo tras saludarla.

Hablaron un rato de mil y una cosas. Nuala le refirió el extraño episodio del día anterior, con la presencia de la dueña tras la puerta y la historia de la visita matutina. Malva no tenía respuestas. Todo lo contrario, se mostró tan extrañada como ella, llena de preguntas e inquietantes conclusiones.

Lo mismo ocurrió con el jabalí. Aunque en esta ocasión, la fascinación por el tema provocaba que no solo no resultara incómodo, sino que se recrearan en él. Parte por cerrar el asunto de doña Isabel, parte por dejar correr su fantasía.

Malva era muy espiritual y animaba a Nuala en todas sus investigaciones. Tenía una vida interior muy profunda. Bebía de muchas fuentes de inspiración, desde las mesas de danza aztecas, a principios de la religión católica más o menos interpretada. En todo caso, con una gran fuerza vital. Sabía escuchar y hacer las preguntas necesarias para abrir nuevas puertas, para cerrar heridas, para crear sueños. En cierto modo, era la persona que sostenía los planos paralelos en su pensamiento.

Cuando llevaban un rato de charla, decidieron que era momento de comenzar con la entrevista. Nuala comprobó que el ruido de la fuentecilla no arruinaba la grabación, y la puso en el medio de la mesilla para que captara bien la voz.

La primera parte fue muy sencilla para Malva. Estaba muy segura de sí misma y estos ejercicios de autodescripción los hacía con cierta frecuencia. Básicamente, al ser tan mental, era algo que repetía bastante. Tuvo más problemas cuando tuvo que expresarse sobre terceras personas. En su afán de no querer ofender ni decir nada negativo de nadie, le costaba encontrar la palabra precisa que describiera el matiz que quería trasmitir. Pero no fue mal. En un rato habían acabado y Nuala se sentía muy orgullosa de cómo había ido.

Apagó la grabadora y la guardó con mucho cuidado, como si fuera un perfumador con esencias carísimas en su interior. Envolvió la grabadora en un paño seco que llevaba. La metió en la mochila.

Se habría quedado a comer, pero quería pasar por la catedral antes de que se fuera la luz. Le dio las gracias mil veces a Malva por todo su apoyo. Retomó las blancas calles en dirección al templo.

Quiso pasar por la calle donde había visto el grafiti. Al llegar, ya no quedaba nada. Dos operarios del ayuntamiento habían vuelto a encalar la pared, quedando una superficie blanca como el resto de calles.

«Menos mal que lo vi antes», pensó.

La iglesia estaba desierta, como casi siempre. A la hora de comer más aún. Se dirigió de cabeza donde estaba el mosaico con el jabalí de la pared. Allí estaba, justo delante de la pequeña puerta bajo el atrio. Era parte del decorado de una esquina, la unión de dos hileras de adornos. Donde formaban un ángulo, se superponía un círculo con el jabalí en su interior. La planta en este nivel tenía cuatro esquinas, y en cada una, había un animal salvaje dentro de un círculo: un jabalí, un ciervo, un lobo y un cuervo.

Miró detenidamente la figura del jabalí, era exacta a la que vio por la mañana, y por supuesto, a la de San Patricio en Dublín.

El coro de la catedral también rompía con lo establecido. Aunque se situaba en la nave central y frente al altar principal, estaba elevado sobre el cruce con la primera galería transversal, formando una especie de claustro suspendido. Tenía arcos hacia el interior y el exterior, lo que permitía una visión completa del templo.

Desde esta posición, Nuala fotografió el suelo. No toda la catedral, solo la parte que se hallaba bajo el coro. Hacía muchos años que nadie cantaba allí, pero era fácil imaginar el sonido envolvente de la música en la etapa de máximo esplendor. Los dos órganos del templo estaban flanqueando el coro, en la primera galería transversal, orientados hacia el altar principal. En pleno apogeo tuvo que ser impresionante. Debía infundir mucho respeto a los fieles. Los órganos bramando y retumbando a ras de suelo, mientras las voces angelicales del coro, proveniente de arriba, enseñaban la paz y armonía que el cielo ofrecía. Abajo, la sensación de fragilidad debía ser mayúscula cuando todo el montaje estaba «a pleno pulmón». Cielo e infierno, ¿en cuál quieres quedarte?

Pudo corroborar cómo cambiaba el aspecto del diseño de los azulejos del suelo, desde el tamaño a los motivos descritos. Cerca de la cruceta superior, los temas eran muy celestiales, con representaciones de ángeles y santos en peregrinación hacia el destino final. Cuanto más se alejaban por el resto de galerías, los motivos viraban a temas mundanos, incluso había representaciones demoniacas. En muchos casos, con una iconografía no descrita en ningún manual. «Procedencia desconocida», ponía en las pocas publicaciones que existían sobre la catedral. Lo mismo ocurría con la forma, siendo hexagonales y perfectos en el centro y completamente irregulares según se alejaban.

Era en esas galerías «perdidas», donde Nuala encontraba sus «joyas», los diseños más extraños y fantásticos.

Pasó por su cuarto para comer algo. Puso la grabadora y anotó en su bloc las respuestas que más le llamaron la atención. Soplaba el viento. En esta ocasión, era más brisa que viento, pero allí arriba, en la almena blanca, siempre corría el aire.

Curiosamente, la puerta de doña Isabel seguía cerrada, así que tampoco tuvo ocasión al llegar de llamar y pedir explicaciones. Era raro que la propietaria tampoco estuviera a esas horas.

La siesta volvió a traer paz y decidió quedarse a descansar.

Se echó un rato.

Al despertar, quería llamar a Proínsias, a ver si tenía suerte y podía ir a hacerle la entrevista por la tarde. Es lo último que pensó antes de cerrar los ojos.

Una de sueños

Nuala no lo sabía, pero no todo era plácido en su dormir. De hecho, al margen de los sueños, que siempre recordaba, se producían muchas más cosas de las que ella era consciente. Al menos hasta que recibió el informe de la unidad de sueño del hospital provincial.

Para empezar, solía hablar en alto mientras dormía. Muy alto. Y no solo eso, también respondía si era preguntada. Aunque a la mañana siguiente no recordara este hecho.

Durante mucho tiempo pensaba que tenía un dormir ligero, a lo que achacaba el sueño que algunos días sentía tras comer. Pero cuando el tema comenzó a agravarse y se quedó dormida mientras una amiga le hablaba, comenzó a preocuparse.

Se puso entonces en manos médicas, que le diagnosticaron un posible caso de narcolepsia no delimitada. Es decir, que debían hacerle pruebas para saber el origen y alcance de dicha dolencia. Y poder ponerle remedio.

La narcolepsia se produce básicamente porque el cerebro no coordina bien las fases del sueño, y la consecuencia de no descansar genera otras alteraciones durante el día. El paciente puede quedarse dormido de golpe y despertar de modo fulgurante a los pocos segundos. Todo es debido a que las ondas cerebrales mezclan patrones de comportamiento diurno y nocturno. Es peligrosa por el riesgo que conlleva al poder provocar accidentes. Y por los daños al organismo a largo plazo provocados por el desbarajuste del descanso. Además, puede producir alucinaciones que el paciente no distingue de la realidad.

Nuala quedó sorprendida por el diagnóstico. Tenía tratamiento. Lógicamente eso la tranquilizaba, pero le preocupaban sus efectos colaterales.

Esto justificaba los dibujos que no recordaba haber hecho en su bloc de notas. Sonrió pensando en la explicación. «¡Vaya, al final no necesito una médium...!», se dijo entre risas. Pero lo cierto es que había estado muy preocupada por ello. No es fácil justificar que en tu bloc de notas privado aparezcan dibujos que tú no has hecho. Y saber además que nadie más los ha podido hacer. La sospecha de que había sido ella misma siempre la tuvo. O tenía un problema bipolar o tenía que empezar a creer en el esoterismo.

Por suerte, la narcolepsia era una justificación mucho más clara y menos grave que las dos anteriores.

Ahora miraba con ojos diferentes los dibujos de su otro yo Los realizados desde su otra realidad, desde el mundo de la vigilia despierta.

En pocos días, le harían más pruebas y seguramente le pondrían un tratamiento. «Bueno, habrá que esperar», se dijo cuando recibió la carta de sanidad.

Llevaba una etapa muy extraña, muy viva a nivel interior, pero muy cansada a nivel físico. Le costaba subir los tres pisos hasta su habitación, y aunque no se planteaba cambiar de residencia, le habría gustado que tuviera ascensor. Pero estaba segura de que no había nada mejor en toda la ciudad. Nada como las vistas y los vientos de su morada.

Proínsias le dio mucha más información de lo que en un principio esperaba. Él trabajaba para una empresa de *software* y llevaba toda su vida con un pie en el mundo digital.

Para empezar, le asesoró y ayudó a poner en marcha www.nualasolas.com. Era una página web donde ella podría ir organizando todos los temas que le interesaban, en especial el asunto de sus cuentos para niños, ya que de este modo podría promocionarlos y darlos a conocer.

Además, abriría un área para compartir sus inquietudes sobre los sonidos, sobre su experimento con las redes de relaciones, etc. El uso de un blog le sería muy útil y le pondría en contacto con otras personas con aficiones similares.

La encuesta de Proínsias transcurrió muy distinta a la de Malva. La primera etapa, la de autodescripción, le costó mucho. Seguramente por su carácter tímido y la falta de experiencia en analizarse. Sin embargo, cuando se trataba de sintetizar las relaciones con sus conocidos, era rápido y preciso en los apelativos y etiquetas.

Nuala quedó sorprendida de cuán distintos podían llegar a ser las respuestas en función de la persona. Una lección más que aprender. Sin embargo, Proínsias y Malva eran grandes amigos y, aun siendo tan opuestos, mantenían una relación muy buena de amistad.

Malva pensaba que Proínsias se volvía loco por poner un pie en los asuntos de la ciencia inexacta, como él describía al universo de creencias y pensamientos de su amiga. Por su parte, Proínsias no encontraba qué podría ser interesante en su cabeza analítica para ella, pero disfrutaba mucho de las largas charlas que de vez en cuando tenían sobre lo terrenal, lo paranormal, UFOS, espíritus, leyendas y sueños como condimentos de conversación.

Pero esta tarde, Nuala descubrió algo más al margen de sus investigaciones sobre las relaciones humanas; le contaron el porqué del jabalí en la catedral del San Patricio.

Fue algo de pasada. Comentó lo de la pintada en la calle e hizo alusión al dibujo existente en los azulejos de la catedral, mencionando también la de San Patricio.

—¿De veras? —dijo Proínsias. Él se había criado en Dublín, estuvo viviendo junto al Liffey casi veinte años, pero finalmente tuvo que trasladarse por motivos de trabajo—. ¿Sabes una cosa? De pequeños, cuando íbamos con mi madre, jugábamos a encontrar animales en la iglesia. Hay muchos. En casi todos los estandartes hay uno, y en los escudos. Además, muchos de los adornos típicos irlandeses son representaciones esquematizadas de animales. Pero en concreto, y volviendo a tu jabalí, mi madre me contó que la razón por la cual estaba allí era porque es el símbolo de la familia Guinness. Está en su escudo. Y que probablemente, siendo una familia tan poderosa, contribuyeron al mantenimiento del templo. Por eso su sello en el lugar...

Nuala se quedó pensando en la antigüedad de la familia. En la catedral, en los posibles períodos de solapamiento entre ellos y en el mecenazgo de las grandes familias en las obras de la iglesia. Sin duda, todo aquello tenía sentido. Salvo por las fechas. Pero no daba solución a los jabalíes del templo de la ciudadela. «Aquí, Guinness es solo cerveza, y no hace mucho...».

Delante del ordenador, entró en su flamante nuevo sitio web y comenzó a dar forma a su blog personal, marcando los distintos apartados que había concebido.

Dejaría un espacio para sus cuentos infantiles, otro para el estudio del viento, para los misterios de la catedral, para su experimento sobre las relaciones personales...

Primero diseñó una cabecera y un lema para su web. Luego fue añadiendo los apartados, textos, fotos y otros elementos multimedia.

Estaba satisfecha de su obra. Ahora podría contrastar ideas, investigar y, sobre todo, publicar sus libros. ¡Y contactar con clientes!

«San Patricio, la primera construcción tuvo lugar en el siglo V. En 1191 se erigió el edificio de piedra, y en 1200 se levantó la catedral tal y como se conoce, más o menos. Si la leyenda de la familia Guinness comienza en 1759, el único modo de que se crucen las dos historias es que sea a través de las donaciones para la restauración del templo en 1860». En estas elucubraciones andaba Nuala cuando sonó la puerta.

Cerró la tapa y se acercó a la puerta:

—¿Sí? ¿Quién es?

—Soy yo, abre...

La voz era, sin duda alguna, uno de los rasgos por los que todo el mundo reconocía a doña Isabel. Abrió la puerta despacio. Intrigada. Preguntándose por qué razón le visitaba la casera a esas horas.

—Mira, Nuala, hace tiempo que estás aquí y he de decir que no tengo queja alguna de ti. Siempre has pagado de modo puntual, has sido una inquilina muy buena. No has dado un solo problema y para mí es muy importante no sentirme sola todo al día. Aunque no hablemos, aunque estés fuera, el hecho de que estés aquí me hace sentirme acompañada.

»La otra noche subí a ver si había alguien más arriba. Quería saber si estabas sola, no me quedé tranquila con la visita por la mañana. Yo no me tragué lo de que te conocían, pero debía estar segura, y por ello te pregunté. Me bastó ver tu cara para saber que no venían por ti.

»Hace un mes, vino un señor en representación de no sé qué empresa y me ofreció dinero por La Doble Luna. Por supuesto que le dije que no, que no estaba en venta. Pero no quedó contento y dos semanas después volvió a insistir. Esta vez con más dinero. Obviamente, le dije de nuevo que se fuera por donde había venido. Mi pensión y yo somos inseparables, era de mi abuela, de mi madre y, por desgracia, me la llevaré conmigo pues yo no he parido. Pero desde que eché a ese individuo de aquí, he venido viendo cosas raras. Por ejemplo, la otra mañana, aparecieron cagadas de chucho en el pasillo del primer piso. Tú sabes como yo que apenas tengo huéspedes y que no admito animales. Además, aquí solo vienen guiris perdidos y almas bohemias como tú. ¿Quién iba a traer un perro a mi pensión? Pero si fuera poco eso, todas las macetas que tenía a pie de calle, bajo las ventanas del piso bajo, han ido rompiéndose de modo misterioso. Raro es el día que no veo algo extraño.

Doña Isabel estaba perdiendo la respiración, cada vez hablaba más azorada y se estaba poniendo roja.

—Mira, niña, estoy muy asustada. Me da la sensación de que esa gente no es buena y siento que va a ocurrir algo malo.

La mirada de la *madame* era de alguien horrorizado. Nuala trató de tranquilizarla, le ofreció una infusión y la llevó hasta un viejo sofá, junto a las ventanas oeste.

—Relájese, doña Isabel —dijo—. El otro día me extrañó mucho encontrar la puerta cerrada. Ahora ya sé por qué la cerró. No se preocupe. No sé quién fue esa persona que vino a verla, pero, legalmente, si usted no quiere vender, no hay manera de forzarle a ello. Si siente que la amenazan, o algún tipo de coacción, yo la acompaño a comisaría y se lo contamos a la policía.

Lentamente, la otrora poderosa señora se fue tranquilizando. Recuperó el aliento y, tras entrar en charlas banales, se despidió alegando lo tarde e inoportuna que era su visita. Eso sí, deshaciéndose en halagos hacía su paño de lágrimas. Y en mil perdones por no haberla tratado mejor.

...

«Buff, sin duda alguna, si una constructora cogiera el local de La Doble Luna, seguro que podría montar un buen negocio. Con un poco de inversión y la publicidad adecuada, se podría convertir en una referencia turística para la ciudadela...», pensaba Nuala.

Sintió afinidad por la situación de doña Isabel, estaba dispuesta a ayudarla en lo de la coacción. Le gustaba su posición, su fuerza para no sucumbir a la opción fácil del dinero. Eso demostraba que tenía dignidad, mucha más que la pinta de pesetera que proyectaba hacia el exterior.

Se planteó incluir a la casera en su estudio de relaciones humanas, sería un buen elemento disonante, pero cuyo contraste podría enriquecer, y mucho, el conjunto.

Apagó la luz, apoyó la mano en la pared y dejó que el suave seseo de la brisa la durmiera. La primavera ya apuntaba al verano.

LLUVIA Y VIENTO

Lejos de todo el ruido, bajo el puente del acantilado, en su parte más baja, vivía la vieja guardesa. En el pueblo la respetaban y asumían que siempre había sido parte de aquello. Su historia nadie la recordaba con seguridad, aunque la mayoría pensaba que, en otros tiempos, era la mujer de don Octavio, un aristócrata que tuvo grandes posesiones en las afueras.

Con los años, el esplendor de la nobleza fue decayendo. Poco a poco, las fincas del noble pasaron a ser del ayuntamiento. En su última etapa, el aristócrata enfermó y tuvo que vender todo lo que tenía. Al morir, a su mujer le ofrecieron el puesto de guardesa de la fuente de la plaza.

Básicamente debía mantenerla limpia y cuidar que nadie hiciera destrozos en ella. Era un empleo que se habían sacado de la manga en el ayuntamiento para poder proporcionar algo de ayuda a la mujer, pues sin ello, seguramente no tendría otra opción.

Cuando perdió la casa, se fue a vivir junto a los pilares del puente del acantilado. Estaban huecos y en el pasado fueron usados de mil maneras. Algunos dicen que era el lugar donde se celebraban aquelarres y otros ritos de no muy buena reputación.

En tiempos previos a la guerra, era lugar de prostitutas y de parejas buscando intimidad. Desde entonces, solo la suciedad y algunos mendigos, como la vieja guardesa, hacían uso de sus cuevas.

No solo era la oquedad del pilar, sino que muchos de ellos tenían profundas cuevas horadadas en la montaña.

Las malas lenguas también situaban allí extrañas desapariciones y todo tipo de leyendas, como en todos los pueblos, en todos los lugares.

La mujer era de carácter afable y pocas palabras. Pasaba el día sentada en una silla, con la mirada baja, esperando a que alguien le preguntara por la fuente y le diera una propina. Daba igual si llovía o hacía sol, ella siempre estaba allí, en su puesto de trabajo, como esperando la llegada de alguien que nunca llegó.

Nuala se sentó en algunas ocasiones a su lado. Abría su bloc y mientras esbozaba la fuente en su cuaderno, cruzaba cortas frases con ella.

La anciana le dijo que pasaba el día oyendo. A la gente, el viento, la brisa, las corrientes que le traían ecos perdidos de todas las esquinas de la plaza... Cuando mencionaba este asunto, levantaba la mirada y sus ojos grises brillaban, aclarando esa especie de nebulosa que parecía ocultarlos el resto del tiempo.

Nuala le llevaba algo de comida cuando iba. Se sentaba pacientemente a su lado, y poco a poco la conversación fluía con mucha pausa y calma.

Su hablar era muy lento, sereno, como buscando la profundidad del tiempo que había vivido. Refería detalles de su pasado, de su vida como guardesa. Recordaba a su marido y el anterior estatus que ocupaba. Pero cuando hablaba del silencio, de los susurros del viento, de la paz, de la sombra de las personas, entonces algo proyectaba: «La brisa es suave y coqueta —decía—. El viento es más poderoso, pasa el día fuera de casa y cuando llega no quiere nada desordenado. Muchas noches la brisa queda despierta mientras el viento duerme para descansar. Tiene mucho trabajo y de día viaja lejos, pero ella siempre le espera con la casa adecentada...». Parecía volcar en aquellas palabras su propia biografía. Era sencillo imaginarse al marqués en la finca, todo el día de un punto para otro, volviendo a casa cansado. Y a ella que, presa de una época, le esperaba en casa limpiando y ordenando.

El respeto hacia lo que no contaba se mezclaba con el misterio de cómo describía las cosas, de cómo veía la realidad. Para Nuala no era solo curiosidad, era admiración. Estaba alucinada de cómo se estructuraba la cabeza de aquella mujer. Había dejado atrás un mundo cómodo y afrontaba una mísera y dura realidad. Como un ejercicio de autodefensa, como si crear e imaginar realidades le permitieran amortiguar el dolor de adaptarse a una vida más dura. Una vida llena de calamidad y dificultades. No solo era la edad, también los huesos y achaques de alguien probablemente octogenario, además de las condiciones en que vivía.

Sentía mucha lástima por ella. Le gustaría poder ayudarle de alguna manera. Pero para la guardesa era suficiente que se sentara a su lado y le diera compañía de vez en cuando.

Hablando de soledad, un día le contó que su familia venía a verla de vez en cuando. Pero que no lo hacía en persona, que hacía años que murieron, sino que lo hacían en el sonido del viento, en el susurro de la brisa.

Nuala se maravillaba de la imaginación de aquella persona. De los mecanismos de su cabeza que moldeaban la realidad para que, lejos de caer en la desesperación por sus circunstancias, le permitían crear un mundo paralelo donde asumir todas sus carencias y buscar la felicidad.

Una mañana llegó temprano a la plaza y la guardesa aún no estaba. Llovía de modo cansino y poco elegante. Cogió la silla junto a la fuente y la puso bajo los soportales. Allí no se mojaría. Cuando llegó la anciana, esta sacó un chubasquero y volvió a ponerse junto a la fuente, bajo toda la manta de agua que caía del cielo gris. Abrió un enorme paraguas e invitó a Nuala a cobijarse a su lado.

Se sentó junto a ella en el suelo. Esta vez mucho más cerca que en otras ocasiones, sobre unos cartones que la mujer llevaba.

—Ahora que eres joven, disfruta del cuerpo que te han dado. Dale agua, dale sol, dale lo que la naturaleza te traiga. Con el tiempo hay que devolverlo a la tierra y entonces deberás aprender a vivir solo en el viento, en un continuo viaje que solo se parará el día del Juicio Final —hizo una pausa—. Te agradezco que me hayas querido proteger bajo los soportales, pero no aguanto estar allí. Se oye a mucha gente y los del pueblo son muy envidiosos. Siempre critican, siembre comparan. Están todo el día despellejándose unos a otros, con tonterías que deberían olvidar...

Por el silencio comprendió que no había sido entendida. Levantó la cabeza y agarrando la mano de Nuala, añadió:

—No, no son las personas las que pasan por la plaza, sino sus voces. Ellos se fueron años atrás, pero siguen por aquí dando la lata. Subidos en el viento recorren las calles con sus lamentos y sus envidias. Son un latazo. No los soporto. Debes prometerme algo: el día que yo ya no venga a esta fuente, me buscarás en el viento, en la brisa. Hay algo que quiero contarte, algo que nadie sabe y que necesito confesar. Pero aún no ha llegado el momento... ¿Me lo prometes?

—Claro —asintió Nuala.

Y entonces un largo silencio fue aplacando poco a poco la lluvia y dejó de llover. La calma tomó la plaza. El ruido de la lluvia dejó paso al sonido del suelo estirándose y absorbiendo el agua caída. Parecía una escena de película, donde la imagen se ralentiza y el sonido se amplifica. Como si un nuevo sentido le permitiera percibir cosas ahora que antes pasaban desapercibidas.

LUMAE

La estirpe de los taiños se pierde en la noche de los tiempos. Hace muchos, muchos años, en las tierras que hoy forman Galicia, residían unos hombres buenos que cuidaban de los bosques y los mares. Pero un día, el dios LUG, envidioso de su paz y especial conexión con la naturaleza, les hechizó con una hoja de helecho encantada. Desde entonces moran en el interior de una cueva, lejos de las miradas de los humanos, convertidos en susurros y sombras azules. Cuenta la leyenda que los días de bruma baja, la hija pequeña del rey de los taiños sale de la cueva para recoger las hierbas mágicas del bosque. Lumae, mitad ninfa, mitad guerrera, se divierte de vuelta al castillo secreto gastando bromas a las personas que se cruzan en su camino...

El pasado celta de Nuala le marcaba mucho. Es posible que gran *culpa* de su creatividad fuera fruto de su origen irlandés. Al fin y al cabo, son los celtas que mejor han guardado y cultivado su tradición.

Cuando comenzó a escribir, uno de los primeros relatos que creó era la historia de Lumae. Entonces ella residía en Galicia, donde sentía una especial atracción por vivir. Le gustaba mucho comparar las culturas, las similitudes entre la Galicia celta que encontraba a cada paso y la Irlanda mágica que llevaba dentro.

El cuento de Lumae unía sus mundos, daba sentido a lo que fue y a lo que quería que fuera. Apenas tuvo que crear una historia, le afloraba de dentro, de cada recuerdo de la infancia.

La ninfa celta era en parte una proyección de su afán por encajar tradición y realidad, con unas leyendas que hablaban de jerarquías y libertad, y un marco de naturaleza y respeto al medio ambiente.

El culto a los mayores, el respeto por el pasado y por las leyes de los tiempos, era lo que quiso también reflejar en Lumae.

Durante mucho tiempo, la historia de la ninfa celta estuvo encima de la mesa, y aunque el argumento y la línea principal estaban cerrados desde el primer día, variaba pequeños matices cada vez que la leía.

En cierta ocasión, le enseñó el relato a Proínsias, quien desarrolló su primer videojuego basado en él. Era un juego que respetaba al completo el espíritu de la escritora. Junto con el apoyo de un músico español, Eduardo Tarilonte, pronto tuvo un producto que ofrecer. Su objetivo era buscar el patrocinio de una entidad bancaria o similar para poder regalar el juego en los colegios. Al estar basado en una historia infantil, el público objetivo era, obviamente, jóvenes en edad escolar.

Nuala era buena con los videojuegos. Le resultaba muy sencillo ponerse en la piel de otros, por lo que todo lo relacionado con juegos de rol o asumir personalidades era pan comido para ella.

De hecho, forjó con Proínsias una especie de alianza para desarrollar guiones de juegos, en los que la imaginación de la irlandesa permitía definir casi cualquier historia, encontrando ramificaciones y derivaciones para todo hilo argumental.

Pero esto pertenecía a su primera época como escritora. Ahora, su estilo había cambiado, había evolucionado. En sus comienzos quería dotar de mucho contenido a la moraleja de los cuentos, mucha carga moral, lo que convertía los relatos en textos demasiado densos para el público destino de los mismos.

Por otra parte, las historias resultaban excesivamente largas. Los chicos jóvenes no tienen tanta paciencia, no quieren cuentos que duren más que un rato. No van a esperar a la noche siguiente para conocer el desenlace de una historia.

Además, el entorno multimedia, los sonidos, la música, vibraciones, imágenes, sombras, zumbidos…, todo formaba un seductor conjunto de herramientas. Podía usarlas en el modo en que el mensaje era trasmitido a los menores.

De alguna manera, Nuala sentía que se acercaba al *método original* cuanto más recortaba el texto, cuanto más aligeraba el contenido e incluía elementos externos multisensoriales para enriquecer la historia.

Poco a poco, sus relatos se hicieron más breves y sencillos. En vez de un gran texto lleno de mensajes y moralinas, ahora prefería una sucesión de microrrelatos, ricos en multimedia, que llegaran al menor en forma de entorno, no solo de cuento tradicional.

Lumae fue un paso en su carrera. Un aviso de los ancestros para aprender a destilar mensajes. Así se lo contó a sus amigos para justificar su exclusión de los cuentos que tenía en su blog en internet.

Lo mismo hizo con el resto de relatos del comienzo. Quiso dejar en nualasolas.com solo aquello que reflejaba su línea profesional actual.

Tan solo dejó una pequeña referencia a ellos en otro apartado, como señal de lo que fue y marcó su camino. Al fin y al cabo, las criaturas como Lumae seguían vivas en su cabeza.

De aquella época era el póster de Cú Chulainn, el héroe celta, que colgaba en su habitación. Un cómic de Marvel, pero con el espíritu de un cuento para niños. Era un original de David Enebral, un dibujante de gran prestigio. Con el tiempo, el dibujo se convirtió en un nexo con su legado celta, una conexión con la mitología irlandesa que tanto pesaba en su inconsciente.

TORMENTA

La mañana siguiente se presentó plácida y tranquila, muy calmada. Nuala fue a ver amanecer a la playa, como era su costumbre, con su jarapa y su diario. Como siempre, una vez se elevó el sol sobre el horizonte, tomó el camino de vuelta a casa.

Según se acercaba a la pensión de La Doble Luna, pudo oír a la casera gritar indignada, muy enfadada:

—¡¡Cabrones!! ¡¡Mamarrachos!! ¡¡No me vais a asustar, no me vais a echar!!

Según giró el último recodo blanco de la calle principal, vio cómo la fachada del establecimiento había sido *decorada* con un enorme grafiti que la cubría por completo. En el dibujo se veían caricaturas de personajes que parecían yonkis y prostitutas, ensuciando la calle y sacando el dinero a incautos turistas...

Era un típico grafiti de personajes y letras enredados. Se podía leer: *Vieja huraña de la casposa España*. Lleno de colorido y brillo, se apreciaba mucha destreza en quien lo hubiera realizado.

Nuala se sorprendió, pues no recordaba haberlo visto al salir. Los días que bajaba a la playa solía salir de casa una hora antes del amanecer para tener tiempo de llegar andando tranquila. Le gustaba mucho el pueblo casi dormido, a punto de empezar a despertar.

Pero no era capaz de recordar ningún detalle de su salida. Ni siquiera haber abierto la cancela, siguiendo los pasos que doña Isabel le enseñó para no hacer ruido. Estaba tan acostumbrada a ello que seguro lo había hecho de modo mecánico, como un reflejo aprendido. Por ello no lo recordaba. «Habré salido absorta en mis pensamientos», se dijo.

El grafiti le era familiar. Le recordaba enormemente al que había visto en la pared del supermercado, con el símbolo del jabalí en él. En este caso, obviamente nadie firmaba el dibujo.

Cuando llegó la policía local, pudo escuchar a uno de los agentes quejarse del dibujo: «Ha sido el de siempre. Cuando le pillemos, le vamos a quitar los espráis a hostias...».

Entró en la pensión y esperó en el rellano a que doña Isabel terminara con la policía. Le aseguraron que a media mañana vendría un retén del ayuntamiento a blanquear de nuevo la fachada. La unidad de policía tomó fotos y se fue.

Entonces, la propietaria de la pensión entró y saludó a Nuala.

—¿Has visto qué hijos de...? Ya te dije que me estaban acosando. También se lo he dicho a la policía. Son unos mamarrachos, seguro que lo hicieron esta noche. Escuché a los gatos maullar, pero pensé que era cosa del celo de la primavera. De todos modos, no sé qué habría hecho si les pillo *in fraganti*... Pero bueno, al menos tenemos salud. No como la pobre anciana de la fuente...

—¿Cómo? —A Nuala le dio un vuelco el corazón—. ¿La mujer de la fuente ha dicho?

—Sí, sí. Me comentaba la policía que ayer noche encontraron su cuerpo medio descompuesto en una de las cuevas. Se veía venir. Esa mujer necesitaba cuidados, estaba muy mayor. Y en esas cuevas, con tanta humedad... Vete tú a saber los días que llevará muerta...

Se le sobrecogió el alma. La guardesa estaba muerta. Subió las escaleras muy despacio esta vez, con el llanto contenido, con la pena pegándola al suelo. Entró en su cuarto y se tumbó en el suelo, mirando al techo. Una tosca cúpula de caña y argamasa hacía funciones de techumbre.

Estaba hundida, fastidiada. Llevaba días con un pesar en el alma, como si supiera lo que había ocurrido, como si hubiera intuido desde el primer día que no la vio en la fuente que algo terrible había pasado.

No era dolor, era agujero. Un sentimiento de profunda oquedad. Con frío y niebla negra. «¿Cómo es que no hice nada? ¿Por qué no salí a buscarla? ¿Habrá muerto sola? ¿Qué le habrá pasado?...».

Los remordimientos la corroían por completo. Estaba más que tumbada en el suelo, estaba enterrada en el pesar. Los brazos extendidos, las piernas inertes y heladas. La mirada clavada en el cañizo, pausando la respiración para controlar el sentimiento.

No soplaba ni gota de aire. No corría el viento.

Ni siquiera hizo amago de poner la grabadora. Sentía que no solo era ya tarde, sino que ya no se recogería nada.

Hacía días que comenzó a escuchar el viento, siguiendo lo que la vieja guardesa le dijo. En principio, no le dio mucha importancia, pero sabía desde el principio que ella ya no estaba. Por eso comenzó a grabar, por eso empezó a buscarla en el sonido de la brisa.

Recordaba ahora aquellas palabras, aquella promesa de buscarla en el sonido del viento. Hacía algo más de dos semanas que grababa el sonido del viento, pero no tenía ni idea de qué buscar, cómo oír aquello.

Había probado a transformar el sonido con un editor de audio. Primero se limitó a normalizar la onda e invertirla, es decir, oírla del final al principio. Pero no daba con nada que le diera una pista sobre a qué se refería la anciana cuando le hizo prometerle aquello.

Por otra parte, nunca fue amiga de las psicofonías. Sabía que no iba a escuchar a la anciana dándole instrucciones de viva voz, no al menos como en los programas de esoterismo.

Le dolía más pensar en cómo vivió sus últimos años aquella mujer que el hecho de no saber escudriñar el sonido del viento.

Aquella tarde, las sombras entraron por la ventana, y Nuala apenas se movió. Dejó que la noche se metiera a través de las inertes cortinas, ausente la brisa, de modo oscuro y silencioso.

Un gran trueno sonó en la distancia. Frente al mar, con una carga eléctrica imponente, se acercaba una gran tormenta. Los rayos aún estaban lejos, pero los truenos comenzaban a traer todo ese viento que había estado dormido todo el día.

Comenzó a oler a lluvia, a correr la brisa, a crujir las ventanas de madera.

Nuala se levantó a cerrar las viejas hojas acristaladas. Los combados marcos de pino estaban ya mojados.

Fuera había comenzado a llover. La tormenta extendía su espectáculo por el horizonte, tocando ya los tejados de la ciudadela.

Sentía que llovía, fuerte y profundo. Llovía más dentro de ella que en el exterior de su refugio.

La tormenta embellecía la noche. Las sombras jugaron con formas imposibles, pero ella no estaba, en esta ocasión, de humor para unirse.

Se quedó inmóvil, abrazando sus rodillas sobre el catre de muelles chillones. Un ovillo de Nuala, como les decía a sus amigos cuando se burlaban de esta posición. Lo hacía cuando las cosas no iban bien.

La mirada estaba abierta, vacía, ausente. Buscando esas respuestas que nunca nadie contesta.

EL AÑO DEL GATO

Un fuerte trueno la despertó. Sonó con tanto eco que todo vibró a su alrededor. Las vidrieras arrojaban *flashes* de luces de colores por cada rayo que caía. La resonancia en el templo magnificaba el bramido de la tormenta.

En la calle llovía a cántaros. El ruido del agua al caer era tan alto que Nuala no oía sus pasos en la catedral.

Aún estaba confusa. ¿Qué hacía allí en medio de la noche, empapada y muerta de frío? ¿Qué había pasado? ¿Cómo había llegado hasta allí?

Miró a su alrededor. Las sombras se alargaban con cada rayo. Tocándose entre ellas. Formando un baile de luz y ausencias que nunca había imaginado.

Estaba destemplada, helada. No tiritaba, pero casi. Se sentó en un banco de piedra, bajo un retablo de San Francisco de Asís. Necesitaba tomar aliento, recuperar la calma.

Pensaba mil opciones que justificaran el hecho de estar allí. Nada le cuadraba. El asunto de la narcolepsia podía estar asociado a sonambulismo, algo que ella no sentía como algo cercano. Tampoco conocía las apneas unas semanas antes.

Aun así, ¿cómo llegó desde su casa? ¿Quién le abrió para entrar? «Imagino que la catedral estará cerrada de noche —dijo para sí misma—. Probablemente será un episodio de sonambulismo, habré venido desde casa, por eso estoy tan calada. Pero sigo sin saber por qué aquí».

De golpe, recordó el hecho de que nunca era consciente de cómo llegaba a la playa al amanecer. «¿A ver si soy sonámbula y no lo sé? Eso justificaría el no haber visto el grafiti días atrás».

Otro rayo encendió las sombras del templo, y entonces observó en medio del cuadrado del atrio un pequeño cuaderno abierto en el suelo. Con un lápiz a su lado.

Se incorporó y lo recogió. Sintió un estremecimiento al reconocer su letra, los dibujos con su estilo, pero que nunca había visto antes, notas sobre la catedral y otros muchos datos que no recordaba haber anotado. ¿De dónde salía ese bloc?

Comenzó a asustarse. Se quitó las Converse que llevaba, pues tenían más agua dentro que fuera. Era mejor andar en calcetines. Tenía la ropa chorreando.

Buscó alrededor por si había algo más suyo. Tras proteger el cuaderno bajo sus ropas, probó fortuna por la puerta de acceso por donde solía entrar por la mañana.

Tuvo suerte, estaba abierta. El reguero de agua frente a ella revelaba que era también el lugar por donde había entrado.

Salió despacio para no hacer ruido. Cerró suavemente el pequeño y pesado portón. Cubrió como pudo su cabeza y salió calle arriba hacia la pensión.

Encontró el portón cerrado y las luces apagadas. Era lo normal. Se acercó para introducir la llave y la puerta se abrió nada más apoyar la mano. Estaba la llave sin echar. Le bastó un pequeño empujón para abrir y pasar dentro.

Lo primero que hizo en su cuarto fue buscar una toalla y cambiarse de ropa. Iba entrando poco a poco en calor. El *shock* de lo que estaba ocurriendo la tenía aún muy perturbada.

Cierto es que el sonambulismo podría explicar muchas de las circunstancias extrañas que últimamente le rodeaban, pero aceptarlo como tal daba pie a otras muchas preguntas.

Comenzó a temblar, no de frío, sino de la impresión que le suponía la realidad que iba descubriendo.

Aún era noche cerrada. Aún se resquebrajaba el cielo frente a sus ventanas. Pronto tendría que amanecer.

Sin embargo, no tenía sueño. No solo estaba desvelada, sino que la tensión del momento le había cargado las pilas. Estaba estresada, al borde de un ataque de ansiedad.

Apagó las luces dejando que las cortinas apantallaran los relámpagos, que poco a poco iban alejándose.

«Vaya dos días...», suspiró. «Lo mejor para un día de perros es una noche de gatas», le dijo en una ocasión una compañera de instituto. A falta de otras gatas, sacó un CD de su carpeta de música y dejó que *El año del gato* anulara el lánguido rugido de la tormenta que se difuminaba en el horizonte.

Antes de llegar al final del disco, las cortinas ya tamizaban la luz del sol y Nuala dormía, esta vez inerte, sobre el sofá.

Al Stewart no era su músico preferido, pero este disco era uno de los que le relajaba más profundamente. Conseguía que descansara de verdad.

LA LÍNEA QUE ROMPIÓ EL HUEVO

Los rayos de sol entraban cargados de perfume de lluvia. El olor a tierra mojada inundaba el cuarto. La luz templada y amarillenta del tímido amanecer sonaba a paz, tras la noche de truenos.

Nuala dormía aún cansada, reventada por el episodio del día anterior. Sería duro levantarse asumiendo que era sonámbula, pero no por el hecho de serlo, sino por no haber sido consciente hasta la noche anterior.

«¿Qué otras sorpresas me encontraré?», pensaba al abrir los ojos y estirarse. Camino al baño, vio toda la ropa del día anterior arrebuñada, aún húmeda. También reconoció el bloc que encontró en la catedral. Le intrigaba.

Era un pequeño cuaderno de tapas de cuero marrón, con hojas vainilla claro y una goma que permitía mantener las hojas cerradas. Pero lo que realmente le intrigaba era el interior: los textos, los bocetos, dibujos y anotaciones que tenían su letra, su estilo.

Comenzó a pensar hasta qué punto un episodio de sonambulismo podía justificar aquello. «A ver si voy a ser como los personajes bipolares de las películas... No, no. Me advirtieron de esto en la unidad de sueño del hospital. Mañana me acercaré a contarles a ver qué me dicen».

Dejó el cuaderno sobre la mesa. Desayunó, mirando a través de los ventanales del este. Tenía la mesa justo en el medio de la estancia y, en función de sus apetencias, la orientaba hacia un punto cardinal u otro, sin preferencia definida.

Quería que el sol le diera en la cara, por lo que había abierto las cortinas. Degustó su desayuno mirando el mar. Hoy estaba manso, cansado por la noche agitada. La tormenta comenzó sobre él, y se fue por donde vino.

No estaba para muchas apreciaciones poéticas. Se sentía extraña. Seguía dándole vueltas a las consecuencias de lo que había descubierto la noche anterior.

Sonó el móvil.

— Hola, Luis, ¡qué alegría! ¿Cómo estás?

Luis era amigo desde hacía muchos años. Compartían el amor por las leyendas celtas, la mitología, los *leprechauns* y la música irlandesa. Se conocieron cuando él estaba desarrollando un proyecto sobre cultura gaélica. Les presentó Patrick, el profesor de irlandés.

Para Luis, la pasión por la isla verde fue algo espontáneo, fruto de la casualidad y que ocurrió en un momento dado. Nuala no lo veía así, ella creía que hay cosas que están predeterminadas y que su amigo se cruzara con la cultura irlandesa era una de ellas. No concebía a Luis lejos de ese rol. Ni ella, ni muchos de los amigos comunes.

Con veinte años, él se fue a Irlanda a aprender inglés, como muchos en aquellos años. En vez de estar en un exclusivo colegio de Dublín, lo hizo trabajando en una fábrica de cartón en Ashbourne, trece millas al norte de la capital. Cambió las clases y el inglés académico por vivir el día a día mezclado con los trabajadores y adquirir un acento *spud* (patata-paleto). Sin duda la mejor elección. Lejos de los grupillos de estudiantes que no experimentaban la inmersión en otra cultura, pues solo lo hacían en clase.

Su padre trabajaba en una multinacional americana y surgió la posibilidad. De este modo, él se pagaría su estancia trabajando, a la vez que se empapaba de lecciones reales de inglés. Un idioma que llevaba años estudiando en la escuela oficial de idiomas.

Solicitó residir en una casa con chicos de su edad y sin perros. Acabó hospedado con la señora Delahunty, una viuda de setenta años que vivía sola. ¡Sola con sus tres perros!

En la fábrica en la que trabajaba recibía ciento diez libras semanales. Pagaba setenta a la casera por la habitación, manutención y lavado de ropa. Empleaba otras veintitrés libras en el abono de transporte. El resto para sus cosas.

Inicialmente, todo era un infierno.

No hubo día en las dos primeras semanas que no llamara a casa para pedir que le sacaran de allí. Ninguna de sus expectativas se había cumplido. Estudió Fortran77 porque le dijeron que estaría en el departamento de informática. Pero pasó todo el verano trabajando en la fábrica de cartón, con un mono azul, un cúter y unos cascos para el ruido. La casa donde vivía no era una familia donde practicar, sino que parecía que le habían mandado al pueblo con una familiar anciana.

Pero, al cabo de dos semanas, todo se calmó. Cómo si su espíritu hubiera aceptado el cambio. Todo comenzó a ser distinto, positivo. Lentamente, fue empapándose de la magia celta, de la cultura ancestral que cambió su alma.

Una noche, la viuda completamente bebida, le leyó las manos. Quiso echarle las cartas, pero finalmente acabó buscando la buena ventura en la palma de las manos. Le contó mil maravillas y con grandes aspavientos le enseñó que la línea de la vida estaba duplicada. Eso no era malo, solo que Luis tenía dos vidas, dos realidades.

Le dijo que estaba lleno de estrellas. Que solo disfrutaría al compartirlas con la gente. Que buscara la luz en las personas. Que podía hacer felices a los demás si se lo proponía. Esa línea duplicada era el camino a llevar. Para no perderse. Para guiar su vida. Que pusiera sus sueños a crecer. Que ordenara su vida interior.

Ya fuera por la cerveza, ya fuera por las ganas que tenía de creer, al final Luis creyó.

Y eso cambió su vida. Le dio sentido a su camino y comenzó a creer en sí mismo. Poco a poco, gracias a esa línea de la mano, fue rompiendo el huevo. Afrontando el mundo de los mayores, la realidad de los adultos. Encontró la autoestima que estaba necesitando. Ese pequeño empujón le sacó de las faldas de su casa. Le lanzó al mundo.

Luis y Nuala hablaron mucho tiempo. Se pusieron al día de todo cuanto les ocurría. Ella le habló de los acontecimientos de los últimos días. Para terminar, Luis pasó la entrevista como todos, mientras su amiga tomaba nota de cada respuesta.

—Me alegra mucho que hayas llamado, no sabes cuánto necesitaba un amigo en este momento. Gracias por estar ahí, como siempre.

Le lanzó dos besos y colgó la llamada. Ahora estaba feliz, con las pilas cargadas. Era un día nuevo.

Tenía mucho, pero mucho que investigar.

OGHAM

En una ocasión, Nuala quiso aprender el código Ogham para marcar sus pertenencias, sus obras. Este código es un pseudolenguaje que floreció en la Irlanda antigua (algunos dicen que mucho antes ¿?) y que solo era usado por los druidas. En realidad, no se podía considerar un lenguaje. Por ello, la etiqueta *código* es mucho más cercana a la realidad. Consistía en un alfabeto de veinte letras, muchas de ellas fonemas, o su representación gráfica. Correspondían a las iniciales de veinte árboles o plantas, nombrados en gaélico antiguo.

En torno a ello hay mil y un ritos esotéricos. Aprovechando lo atractivo de su estética y el misterio que lo envuelve, han interpretado de modo más que libre el uso que de dicho alfabeto se hacía.

Luego, la representación física era mucho más primitiva que el concepto. Usando los dos planos que definen el borde de una piedra, se marcan un conjunto de rayas a uno y otro lado. En función de cómo estén los rayajos agrupados y su dirección, corresponde a una u otra letra.

Escribir así tuvo que ser un martirio, más incluso que leerlo, que tampoco resulta sencillo. La mayoría de lo que queda son marcas sobre la piedra que el tiempo y el roce han desgastado.

Básicamente, los druidas no vivían en los poblados. Lo hacían en los bosques. De este modo, estaban cerca de su materia prima y lejos del peligro de las frecuentes guerras entre tribus.

La mayoría de las inscripciones eran pequeños mensajes que los druidas ponían en la entrada o camino del poblado, con datos de interés. Por ejemplo, si el jefe local tenía mal carácter, escribían *mal genio*. De modo que el próximo druida ya sabía a qué atenerse. O datos de la tribu, peligros, etc.

Nuala tenía fotos de muchos de ellos en su país, pero también alguno de Galicia y norte de Portugal. Con el tiempo, aun descifrado el mensaje, se desconoce el significado de la mayoría de ellos, al haber perdido la perspectiva histórica y social de cuando fueron creados.

En un departamento del Trinity College de Dublín, hicieron un mapa y una aplicación interactiva con todo lo que estaba documentado en Irlanda. Es un referente mundial. Nuala solía consultarlo cuando curioseaba por la red y cada vez que su amigo Proínsias le pedía un nombre para algún videojuego que estaba creando. Acudía a ella solicitando nombres que significaran algo en la cultura gaélica. Eso le daba más empaque al juego.

Muchas de las ideas de los cuentos para niños nacían de investigar en Internet la historia de la historia, como ella decía. *Lumae*, vocablo que por cierto es más latino que celta, viene de ahí.

Una mañana se quedó absorta navegando por la red, sin rumbo, dando bandazos de un lado a otro. Cayó en una página donde había una encuesta para poner nombre a una estrella que un astrónomo había encontrado por algún lado del universo.

Alguien propuso *Lumae*, pero finalmente, por ser muy similar a *Luna*, fue descartado. Le pusieron el nombre de *M 233351 Durbin*, en honor de una actriz canadiense de los años treinta.

Ella sí que adoptó el nombre. Su primera ninfa imaginaria se lo llevó como premio. Fue el inicio de su actividad como escritora. De una vocación cuyos comienzos ella había olvidado.

En estos pensamientos andaba Nuala, dejando que el día pasara tranquilo. Los acontecimientos de los días anteriores le habían traído ganas de estar en casa sin hacer nada.

Tan solo quiso dar un repaso a las grabaciones del viento que tenía, en sus versiones originales y las invertidas. Recordaba a la anciana de la fuente. Sus enigmáticas palabras y el mensaje que, de alguna manera, había quedado pendiente.

Aunque en su interior deseaba que no fuera así, presentía que la clave estaba delante de ella, esperando a ser descubierta.

A última hora de la tarde, cogió su guitarra un rato. Llevaba tanto sin tocar que la mano se le entumeció. Le dolían los dedos. No estuvo mucho, repasó las cuatro escalas básicas para hacer algo de ejercicio. Se prometió dedicarle algo más de tiempo cuando fuera posible.

Durante todo el día evitó y esquivó el cuaderno que se trajo de la catedral. Sentía mucha curiosidad por su contenido, casi tanta como el miedo que le daba lo que pudiera descubrir.

Varias veces se acercó y lo tomó con la mano. Pero en todas las ocasiones, volvió a dejarlo sobre la mesa. Incluso sentía algo raro al cogerlo.

Decidió tumbarse un rato y dejar que llegara el atardecer. Antes, cerró con llave la puerta y colgó el llavero del clavo más alto del techo de cañizo. Quería ponerlo lejos de su alcance directo. Por si volvía a levantarse sonámbula. Se preguntaba si sería capaz de alcanzarlo en ese estado.

Le inquietaba todo lo que pudiera haber hecho sin ser consciente. El cuaderno era el mejor testigo de ello. «Uffff. —Un escalofrío volvió a recorrer su espalda—. Soy sonámbula», se dijo.

Viajar dormida no era de su agrado.

Se dejó llevar por el sueño y descansó toda la noche. Con la mano en la pared y un pie sujetando la cama, sintiéndose segura.

Necesitaba ordenar. Entender. Asociar. Descubrir.

Con sabor a herejía

Pasaron varios días desde la tormenta. Nuala se sentía mucho mejor. Había quedado con Martin, un amigo de Proínsias, que había venido a la ciudadela con la idea de entrevistarse con el sacerdote de la catedral. Le prometió a su amigo que le facilitaría el acceso.

Había hablado con el párroco y tan pronto llegara Martin, ambos se dirigirían al templo, donde les esperaba.

Martín era también escritor. Estaba en proceso de un nuevo libro y quería saber la opinión de personas versadas en asuntos de la Iglesia, sobre unas teorías de pensamiento que quería publicar. Al ser una catedral tan antigua, le pareció una buena idea. Quería que alguien le aconsejara desde la posición de la teología. Proínsias le propuso que visitara a Nuala, ya que tenía buena relación con los sacerdotes donde vivía.

Tan pronto sonó la puerta, Nuala, que esperaba sentada junto a ella, abrió y saludó al escritor. Le ayudo a meter las maletas y salieron camino a la catedral.

Se sintió tentada de llamar a la puerta de doña Isabel al pasar frente a ella, pero no quería tener que explicar la presencia de Martin, por lo que pasó sin hacer ruido y esperando no ser oída.

Enseguida llegaron. Entraron por la puerta lateral, como siempre hacía Nuala. Se encaminaron hacia el altar mayor, donde seguro encontrarían al sacerdote.

Martin iba asombrándose según cruzaban las galerías. Incrédulo ante lo que se mostraba frente a sus ojos. Jamás habría imaginado algo igual. La edificación le impresionaba y le hacía sentirse muy inquieto. Tenía estudios avanzados de arte y todo cuanto veía chocaba frontalmente con los conceptos aprendidos. Muchos de los elementos arquitectónicos y decorativos estaban fuera de lugar en términos cronológicos. Los temas y motivos de decoración tampoco seguían los cánones de los libros. Efectivamente, y a bote pronto, todo aquello parecía fruto de una réplica moderna. Sabía que las pruebas de datación corroboraban la antigüedad que los documentos decían que tenía la catedral. Resultaba un misterio fascinante para él.

En el altar mayor, el padre Juan les hizo un gesto de bienvenida. Se saludaron. Hablaron brevemente del templo, de lo impresionado que Martin estaba por todo cuanto había visto a pesar de su corta estancia.

Tras ello, el párroco les hizo pasar a una pequeña estancia, situada en un lateral del altar mayor. «Seguramente, un sobrante de una sala mayor que fue tabicada con el tiempo», pensó Martin.

Les ofreció asiento frente a la mesa de lo que era su despacho. Muy sencillo, apenas decorado. Con un póster enmarcado de *Jesucristo Superstar* repleto de firmas en una de las paredes.

—¿Te gusta? —preguntó Nuala.

—No solo me gusta. Es el responsable de que yo esté aquí —contestó Juan—. Hace muchos años, mis vaivenes juveniles me llevaron a una compañía de interpretación donde descubrimos nuestros valores. Tras unos años de dudas y aprendizaje, esa obra me trajo a mi vocación actual. Y desde entonces, aquí me tenéis, al servicio de Dios de esta particular manera. —Sonrió.

Martin expresó su sorpresa y alabó su capacidad para orientar su vida.

—Hace falta mucha seguridad para obrar de esa manera —añadió.

Le contó que era escritor y que sus inquietudes por la psicología y el comportamiento del hombre le hacían indagar en el alma como algo real. No en el sentido estricto que menciona la religión, sino como un plus existente a todos nosotros que no somos capaces de ver con la tecnología actual.

Explicó que, en su búsqueda de respuestas, encontró en la escritura la mejor manera de ordenar sus ideas. A través de sus libros, podía desarrollar los temas que le inquietaban y llegar al mayor número de personas con las que compartir sus teorías.

—Mire, padre, lo primero de todo es el concepto de saco compartido o del conocimiento común. Es una teoría por la cual todos estamos conectados por lazos mentales que no somos capaces de determinar, pero que permiten que cierta información pase de unos a otros a través de una especie de repositorio o saco común. De este modo, cuando uno tiene una idea, no es del todo seguro que sea suya. Puede ser que le venga de ese saco, donde anteriormente alguien lo ha aportado. Y seguramente se ha distribuido a muchos otros. Esto justificaría esos casos en los que parece que nos han robado una idea porque se nos adelantan. En realidad, no es un concepto complejo, ya que moda, ética, valores, etc., podrían estar determinados por lo que la mayoría aporte al repositorio común.

»Hasta aquí, todo es sencillo. Pero vamos a coger otro concepto que también existe en la naturaleza, y lo vamos a extrapolar a límites donde voy a necesitar su ayuda. Usted sabe que existen animales que la ciencia comienza a catalogar como multicorporales o, mejor dicho, compuestos de muchos individuos. Por ejemplo, hay científicos que dicen que las hormigas no son en sí seres independientes, sino que es el conjunto, la comunidad, lo que conforma un ser único. Pero que está compuesto por miles de organismos independientes, trabajando en beneficio de un bien común. Algo parecido a lo que hacen nuestras células, pero estando separados y libres de movimiento. Lo mismo se dice de las colmenas, de algunas especies de peces cuyos bancos son inmensos, de bandadas de pájaros, etc. Incluso se definen términos intermedios, animales que pueden ser elementos individuales o piezas del colectivo en distintos momentos. Como ejemplo, los estorninos cuando vuelan, los arenques nadando en banco, etc. Estas teorías están ahora en plena discusión en los foros científicos.

»¿Sería entonces posible que, al unir ambas teorías, lleguemos a la conclusión de que el hombre puede, a su vez, formar un ente superior? De este modo, e imaginando una pirámide de entidades, ¿sería posible entonces, llegar a entender la naturaleza de Dios como el conjunto de todos nosotros? Incluso, siendo generosos, ¿entender la naturaleza de Dios como el conjunto de todos los seres que conocemos, no solo la raza humana?

El sacerdote se quedó mirando fijamente al suelo y dijo:

—Ciertamente, los tiempos han cambiado. Hacer lo que has hecho, decir lo que has dicho, entre estos muros sagrados, en otra época te habría llevado de cabeza a la hoguera por hereje. Poner en tela de juicio la naturaleza de Dios Padre es una cuestión muy elevada en la que yo no quiero entrar. Y no me corresponde a mí hacer juicios de valor sobre tus pensamientos. Una Iglesia futura podría llegar a abrazar tu planteamiento. Al fin y al cabo, defines a Dios como el creador y contenedor de todo cuanto existe. No obstante, dudo mucho que esté la sociedad preparada para dicha presunción, ni siquiera a nivel teórico.

»En principio, no creo que exponer tus ideas haga mal a nadie, cuya mente no esté dañada ya por el inmovilismo y la ceguera de pensamiento. Pero te aseguro que no va a ser sencillo que tu teoría encuentre apoyo en el seno de la Iglesia. Al menos a corto plazo...

—Juan, perdón, padre —replicó Martin—, no queda ahí mi reflexión. Quiero ir un poco más lejos, contarle lo que, a colación de lo explicado, he ido pensando.

»Esas entidades que se formarían a partir de los seres humanos serían entes de pensamiento. Seres sin cuerpo que tienen sentido en el colectivo, en la unión. Al no tener cuerpo, su naturaleza residiría en el pensamiento, en las ideas, en los lazos que no vemos de las personas. Esto nos lleva a otra gran consecuencia, y es que podrían ser atemporales. Eternos, si el pensamiento en que descansan no es nunca desechado del repositorio, o fugaces, si el pensamiento no dura más que el tiempo que invertimos en tenerlo. ¿Imagina lo que sería posible si fuéramos capaces de comunicarnos con entidades de consciencia de semejante naturaleza? Presente y pasado serían uno. Podríamos aprender de todo lo acontecido. Además...

Juan le hizo un gesto con la mano e interrumpió su discurso. Quedó callado, mirando a aquel desconocido que acababa de entrar en un lugar sagrado y había puesto patas arriba todo lo establecido. La expresión en la cara del párroco era de incredulidad. Mientras, Martin esperaba expectante su reacción.

El tiempo pareció congelarse, quedarse en pausa. Por unos instantes, nadie respiraba, nada sonaba.

El sacerdote entonces se levantó y agarró a los jóvenes de la mano. Los llevó de modo acelerado cruzando las travesías, bajo los arcos de un lateral. Atravesando capillas y estancias, pero camino a la nave menor, a la última galería que conformaba el templo. Cuando parecía que llegaban al muro final, tras un pequeño murete, vieron unas escaleras semiocultas. Bajaron rápidamente y en silencio. Llegaron a una puerta muy antigua, de madera roída y anclajes de más de doscientos años. Juan sacó una llave de su bolsillo y la abrió.

Antes de entrar, ya olía a antiguo, a tiempo retenido entre muros.

SOMBRAS EN LA CRIPTA

—Entrad, no tengáis miedo —les dijo mientras se quedaba detrás cerrando la puerta. Perdonad que os haya traído de esta manera. Es casi la hora de misa y no estamos hablando de temas que don Venancio, el deán, deba escuchar. Estará a punto de entrar a mi despacho para coger material y celebrar la misa. No me apetece darle explicaciones.

»Él está ordenado a la antigua usanza. No habría permitido que nadie hablara como lo has hecho bajo el techo de la iglesia. Seguro que lo entiendes...

Se sentaron en un murete junto a una pared, la que menos moho tenía. La habitación era abovedada, con bloques de húmeda piedra gris y granito brillante. Dos luces bailarinas daban algo de claridad a la estancia. La sensación de penumbra creaba ambiente con las frías paredes y arcos de medio punto.

—Quiero explicaros algo. Quiero compartir con vosotros una inquietud que llevo tiempo sintiendo. Ha llegado la hora de que pida ayuda, y creo que vosotros vais a entenderme mejor que nadie.

»Fui ordenado sacerdote, muy a pesar de las mil dudas que eso generaba en mí, y que aún me desvelan de vez en cuando. Comparto el espíritu de la Iglesia, pero detesto sus formas. Me debo a una jerarquía y seré fiel a ella, pues di mi voto. Pero mi pensamiento es más flexible y esto me genera alguna que otra situación compleja.

»Al margen de lo oficial en términos teológicos, comprendo que lo que hay escrito pertenece a un tiempo y a un momento del hombre, a una etapa y a todo lo que le rodeaba. Tanto las circunstancias como la sociedad han cambiado demasiado como para interpretar al pie de la letra dichos escritos. Me quedo con su espíritu, el mensaje que cada uno quiere trasmitirnos.

»Del mismo modo, entiendo que se abren áreas de conocimiento que la tecnología aún no es capaz de explicar. Pero lejos de recurrir al concepto de brujería, miro con ilusión el momento en que todo esto pueda ser comprendido en términos racionales. Para mí, todo lleva a lo mismo, a la grandeza de Dios como creador. Y a nuestra absoluta arrogancia, despreciando lo que no entendemos.

»Por ello, abro los ojos y trato de entender todas las ideas. Como la tuya. Que no va contra la existencia de un ser que nos contiene y nos da vida. Porque en el fondo de cuanto tú has contado, vive la idea del bien como principio unificador de todo cuanto existe.

Nuala y Martin se miraron sorprendidos, sumamente encantados por la actitud del párroco.

Para Martin, era una inteligente manera de hacer compatible todo su pensamiento con la tradición cristiana, lo que le permitiría explicar su mensaje sin ofender a los creyentes más radicales. Para ella, la grata sorpresa de la personalidad de don Juan.

—Nuala —prosiguió el párroco—, no sé hasta qué punto eres consciente de lo que voy a contarte ahora. Desde hace algún tiempo, vienes de noche a la catedral. Creo que cuando lo haces, estás bajo un trance de sonambulismo o algo similar. De hecho, la primera vez estuve a punto de despertarte, pero tu mirada perdida y la ausencia de respuesta a mis preguntas me hicieron sospechar.

»Como digo, hace días escuché un ruido en medio de la noche. Provenía de la cripta, de la escalera de acceso frente al altar mayor. Como era muy tarde, marqué el número de la policía en el móvil, pero sin llegar a llamar. Cogí una linterna y salí de mi habitación hacia el lugar de donde provenían los ruidos. Al llegar allí, me encontré contigo. Tenías la expresión perdida y los ojos abiertos. Palpabas las rendijas, los salientes.

»Iba a hablarte cuando sonó un mecanismo y la puerta se abrió. Conocías el modo de acceder a la cripta tal y como fue concebido, sin llave. Entraste a oscuras, sin nada de luz. El pasillo es muy estrecho y zigzaguea un poco hasta llegar al primer rellano, donde están las tumbas más antiguas, y el recinto se abre en una pequeña bóveda circular con muchas salidas.

»Entonces, te tumbaste en el suelo, como oyendo, como estudiando los sonidos provenientes de las galerías. Al cabo de un rato, te levantaste y saliste hacia la zona exterior. Recorriste la galería por el lateral hasta llegar a la puerta del fondo. Saliste y ahí terminó todo.

»Pero este ritual comenzó a ser algo usual. Cada dos días has estado viniendo. El proceso es siempre igual: abres la puerta, accedes al pasillo y avanzas hasta un punto donde te tumbas a escuchar. Cada día más lejos, cada día un lugar distinto. Entonces, tras un periodo en silencio y pareciendo estudiar cada segundo, te levantas y sales al altar mayor. Ahí abres tu cuaderno y apuntas algo, como si dibujaras. Cierras el cuaderno y lo guardas en el hueco que hay junto al acceso a la cripta, por detrás de la estatua del ángel rechoncho. Te das la vuelta y sales por dónde has venido.

»Y así, una noche tras otra. Sin decir nada, sin abrir la boca. A veces cambias la trayectoria para no chocar conmigo, pero sigues tu camino. Luego, los días que vienes por la mañana a escribir tus cuentos, pareces ajena a todo lo que he contado. Como si no recordaras nada.

Nuala escuchaba atónita. Era la primera vez que lo oía, pero sabía que era cierto. En su interior, todo aquello no solo tenía sentido, sino que además cuadraba con muchos de los sueños que retenía. Ahora todo estaba conectado.

Recordó el cuaderno en la mesa de su casa y lamentó no haberlo traído. Comentó a Martin y al párroco la sensación de que todos esos recuerdos eran sueños, con la vaguedad e imprecisión con la que recordamos lo que soñamos.

Estuvieron un rato hablando del asunto, un buen rato. Mientras el párroco y Martin se enzarzaban en derivaciones de las teorías del escritor, Nuala no paraba de darle vueltas a sus visitas nocturnas a la cripta. Necesitaba saber más, pero por encima de todo, necesitaba saber el porqué.

¿Qué le empujaba a salir de noche hasta allí? ¿Qué buscaba? ¿Qué sentido tenía todo aquello?

DOS PUNTO CERO

La página web www.nualasolas.com iba a recibir algunos cambios. Su amigo Proínsias estaba creando una experiencia 3D basada en la línea de investigación de Nuala, representando a las personas como planetas, y a sus afines como satélites orbitando alrededor. El concepto era mostrar la red de relaciones que había conseguido detallar a base de entrevistas y apuntes.

Colgó un prototipo muy básico que se podía probar desde la web. Por supuesto, no funcionaba en todos los navegadores, pero más adelante, con las siguientes versiones, irían solventando estos problemas.

El jugador se daría de alta e introduciría un puñado de variables, lo que crearía lazos con otros jugadores. Con ello, el programa mostraría su red de afines y relacionados, pero siempre sin descubrir nombre ni datos personales.

—No quiero que sea una web para buscar pareja —dijo riendo Nuala a Proínsias.

Estaba de moda pasar al 2.0. Era la manera de decir en aquellos momentos que lo que se enseñaba era una nueva versión, algo revisado y reformado. Pronto el término sobrepasó el mundo informático y surgió publicidad de todo tipo de productos y servicios que te convencían para pasar al siguiente nivel, a la siguiente etapa: dos punto cero.

En el fondo, renovarse o morir. Pero en este caso, la web de Nuala era aún muy novel y apenas tenía necesidad de renovación. Requería de un buen trabajo para incorporar contenido, pero el formato tipo blog que tenía era perfecto para ella.

Pasaban los días y no encontraba valor para abrir el cuaderno de notas que escribió en la catedral bajo los efectos del sonambulismo. Valor no era la palabra adecuada. Lo que no encontraba era una razón de peso que le justificara enfrentarse a una Nuala que no conocía.

Le prometió a Martin contarle lo que fuera descubriendo, al igual que al padre Juan. Se dio cuenta de que llevaba ya unos días sin ir a la catedral. Había andado por casa, terminando el ejercicio de las entrevistas y ordenando papeles.

También tuvo ocasión de hablar con doña Isabel. Parece que los compradores ya no la molestaban y los acosos parecían haber desaparecido. No más pintadas, no más tiestos rotos en la calle.

Además, había otra inquilina en la pensión, en la segunda planta. Nuala no sabía mucho de ella, se la cruzó subiendo las escaleras una mañana. Parecía extranjera, pero no acertó a saber de dónde.

La primavera ya se había ido del todo y la temperatura al sol era más que elevada. Era esa época del año en que hay que estar a cubierto para no quemarte. La ciudadela perdía todo su pulso desde la comida a la hora de fin de siesta, cuando los rayos del sol eran ya oblicuos, haciendo posible salir a la calle.

Pleno verano. Mañanas bulliciosas llenas de turistas en trasiego a la playa. Siestas de calma infinita y noches de música. Locales abiertos hasta el amanecer.

Su cabeza también necesitaba un cambio. En el fondo, estaba allí por algo de eso. Hacía ya bastante tiempo que había alquilado el ático a doña Isabel con la idea de crear un lugar de recogimiento. Un sitio donde poder pensar y meditar en tranquilidad. Sus últimos años no habían sido precisamente calmados.

Había recorrido medio mundo. Había vivido en muchos lugares, conocido muchas culturas, mucha gente, sociedades variopintas, mentalidades de todo tipo, personas muy peculiares. Todo eso en busca de algo, de alguna respuesta a preguntas que ni siquiera se había planteado.

Pero un día paró para ordenar su cabeza, para descansar. Cuando el viaje ya no le daba lo que quería, cuando empezó a entender que todo eso que andaba buscando estaría solo dentro de ella. Era en su cabeza, en sí misma, donde debía buscar. Debía emprender un viaje hacia su yo interno, hacia el sentido de su vida, que solo ella podría entender.

Pensó en hacer el camino de Santiago, puerta conocida para estos viajes interiores, pero convencida del sentido del mismo decidió hacerlo a su manera.

Se retiró a la ciudadela, lejos de viajes y aventuras. A vivir sola y a aprender a convivir consigo misma. Buscando su identidad, el porqué de su camino.

Empezó a escribir cuentos para niños. Era un modo de mantenerse. El alquiler no era caro y no necesitaba lujos para vivir.

Estos últimos días, todo se había disparado. El sonambulismo, la relación con la guardesa de la fuente, sus sueños. Todo parecía empujarla a buscar en su interior. Probablemente a profundizar en pensamientos que le inquietaban, a aceptar verdades incómodas o a repasar el pasado que tan poco le gustaba.

María Luisa, amiga de su madre, le decía que las malas ideas se espantan como las miasmas, con aire fresco. Eso lo tenía fácil en su ático, siempre podía generar corriente abriendo las ventanas enfrentadas. Y así lo hacía. Cada vez que una mala idea rondaba su cabeza, abría de par en par la azotea para que la corriente limpiara la estancia.

Pensó en Malva. Noches atrás tuvo un sueño y vio a su amiga sobre un altar en una roca, como presidiendo un rito azteca. Estaba rodeada de tambores y humo de Copal. Una blanca túnica y una corona de plumas la identificaban como una respetada malinche. Todos los congregados en la cueva se movían en círculos en torno a ella, mientras los ecos transmitían un mensaje de unidad, de ser colectivo. Junto a ella había una ayudante, con un extraño atuendo, vestida de rana.

Frente a las dos mujeres, una fila de hombres tumbados en el suelo con las manos pegadas al cuerpo y boca arriba. Los ojos tapados y cubiertos de miel y flores, salvo la cara.

Tras levantar la malinche una especie de copa humeante, su ayudante comenzó a saltar imitando a las ranas. Por encima de todos los hombres del suelo. De un lado a otro. Uno por uno hasta haber saltado sobre todos los que allí había.

Entonces, Malva se acercó a los tumbados y con la copa humeante, les instaba a sentarse. Les ponía la copa sobre la cabeza, y con una sonrisa, algo susurrado al oído y mucho cariño, los ayudaba a ponerse en pie.

Cuando todo pareció haber acabado, los hombres rodearon a la malinche con claros signos de gratitud y abrazos.

Y poco más, porque en ese momento Nuala despertó y corrió a apuntar el sueño en su libreta. «Verás cómo alucina —pensó con la idea de contarlo a su amiga—. Para colmo, que conozca a alguien que vaya dando saltos por el mundo...».

BLIM BLAM

El cuento de hoy es un cuento de cuna, para que las jóvenes hadas puedan dormir soñando con los bosques. Es muy sencillo, pero requiere que el lector exagere mucho la lectura, reproduciendo los ruidos y onomatopeyas del cuento, de modo que el factor sonido sea muy importante. Leer pausadamente y en penumbra, con voz media, como un secreto, como el susurro de la fuente que narra la historia. Además, la distancia entre el BLIM y el BLAM debe irse alargando, para que el niño se enganche al sonido y vaya cerrando los ojos...

¡¡Blim Blam!! ¡¡Blim Blam!! ¡¡Blim Blam!!... ¡¡Blim Blam!!

Desde la fuente del bosque, el pequeño cervatillo oyó sonidos a lo lejos.

¡¡Blim Blam!! ¡¡Blim Blam!! ¡¡Blim Blam!!... ¡¡Blim Blam!!

Los conejos, los pajarillos. Todos quedaron quietos y levantaron la cabeza.

¡¡Blim Blam!! ¡¡Blim Blam!! ¡¡Blim Blam!!... ¡¡Blim Blam!!

¿Qué será?

¡¡Blim Blam!! ¡¡Blim Blam!! ¡¡Blim Blam!!... ¡¡Blim Blam!!

¡¡Otra vez!!

¡¡Blim Blam!! Todos los animales del bosque se preguntaban qué pasaba...

Llegó el hada verde para solucionar el misterio.

Se fue a las rocas lejanas.

Se fue al lago escondido.

Se fue a las cuevas de la montaña.

Todos esperaban su regreso, querían saber qué pasaba...

...

Volvió sonriente, con risas y ojos contentos.

—Venid, venid. Os contaré qué pasa...

Todos los animales acudieron a su alrededor pues estaban intrigados.

El hada verde volvió a reír.

—¿Sabéis qué ocurre? Pues nada grave, que el viejo castor se ha comprado una hamaca nueva y cada vez que se balancea golpea con la cola en la puerta. Pero como está tan sordo, no se entera...

—¡¡Ja, ja, ja!! —Todos rieron. ¡¡Vaya con el misterio!!

Volvieron a sus casas para dormir.

¡¡Blim Blam!! ¡¡Blim Blam!! ¡¡Blim Blam!!... ¡¡Blim Blam!!

Seguía sonando desde lejos.

¡¡Blim Blam!! ¡¡Blim Blam!! ¡¡Blim Blam!!... ¡¡Blim Blam!!

(El lector irá bajando poco a poco el volumen, de modo pausado, lentamente...).

¡¡Blim Blam!! ¡¡Blim Blam!! ¡¡Blim Blam!!... ¡¡Blim Blam!!

¡¡Blim Blam!! ¡¡Blim Blam!! ¡¡Blim Blam!!

¡¡Blim Blam!! ¡¡Blim Blam!!

¡¡Blim Blam!! ¡¡Blim Blam!!

¡¡Blim Blam!!

¡¡Blim Blam!!

...

¡¡Blim...!!

¡¡Blim...!!

...

¡¡Blim...!!

De este modo, Nuala subía el primer cuento a su blog. Siguiendo su espíritu renovador, dejó atrás el estilo de largas frases retóricas. Era para niños; frases cortas y de pocas palabras. Mucho sonido, mucho ambiente, pero no demasiado detalle. La fantasía del niño debe componer la escena, debe hacer el resto.

Recordó entonces Nuala una teoría que su nuevo amigo Martin había contado antes de irse. Dentro de todos los pensamientos e ideas que el escritor tenía en su cabeza, y que soltaba en cuanto tenía ocasión, había muchos que despertaban su interés.

Para ser ateo, tenía mucho interés en los rezos y oraciones. Se maravilló de los recursos acústicos de la catedral y le pidió al padre Juan hacer pruebas con mediciones de sonido en varias zonas. Estuvieron un par de tardes grabando y midiendo.

Su interés por los rezos era el mismo que por los cánticos de los indios, por las oraciones del Nepal y cualquier otra representación sonora en la que se hiciera uso del ritmo para memorizar el texto.

Para él, el verdadero poder estaba en el sonido, en el tono, en la repetición de frecuencias sonoras. Su teoría era que ciertas frecuencias tenían la capacidad de alterar el estado de las moléculas, provocando cambios en la forma y la composición.

Mantenía que el hombre dotó a los rezos de letra para que se memorizara el ritmo y la frecuencia, y no al revés, como sostenía la mayor parte de los investigadores. Su planteamiento era que la letra ayudaba a modular la voz para conseguir las repeticiones de frecuencias, que era lo que realmente alteraba el entorno.

—Probablemente, podrían haber conocido secuencias sanadoras o dañinas para el ser humano. Con el paso del tiempo, y antes de que existiera incluso la escritura, la manera de hacer que pasaran de generación en generación eran las oraciones, hechizos, plegarias —sostenía al explicarle al padre Juan su interés por todo ello.

»De hecho —prosiguió—, la masonería y las logias cabalísticas estuvieron haciendo pruebas en este sentido, con vibraciones y frecuencias, tratando de convertir metales en oro.

Entonces, Nuala se dio cuenta de que no le había contado el secreto que la guardesa de la fuente le había susurrado el día de la lluvia. Lo de escuchar al viento y sentir las energías, o presencias, o lo que fuera en el sonido.

Estaba convencida de llamarle con su historia. Pensaba que le podría orientar con el tema de las grabaciones y de los mensajes acústicos.

Esa noche, para dormir, eligió un CD de música gregoriana. Era la primera vez que lo escuchaba con intención de oírlo de verdad. Habitualmente lo usaba como banda sonora para quedarse dormida.

La oscuridad y la música sacra combinaban muy bien, llenando el ático de sombras que acompañaban los compases y crecían con cada nota.

Mi otra letra

El cuaderno que trajo de la catedral era de pequeño tamaño, tapas de cuero y con una goma para cerrarlo. Las hojas de color vainilla, unas ochenta, calculó Nuala de un vistazo.

Se sentó en el sofá donde a veces dormitaba. Había preparado un generoso vaso de horchata. Lo llevó a la mesilla. Se sentía con fuerzas para afrontar todo cuanto pudiera descubrir.

El primer apunte estaba fechado, pero no tenía sentido: *J. P. L. 13 de junio de 1953*.

«¿1953? Pero eso no es posible», pensó. Junto a la fecha había una especie de croquis. Era la planta circular de una estancia con muchas galerías confluyendo.

«Esto debe ser el primer rellano de la cripta, tal y como me dijo el padre Juan». En una de las paredes, entre dos galerías, había una marca con una equis, como indicando un lugar.

Debajo del dibujo, un párrafo: *Nada que resaltar. Aire hueco, pero sin nada interesante. Esto es difícil. No será sencillo...*

Nuala reconoció su letra, pero no era la habitual. Hace muchos años, inventó un lenguaje propio para proteger su intimidad tras haber sufrido un robo de agenda. Aunque la anotación no era en ese lenguaje, la grafía utilizada sí que provenía de él. Sin duda alguna, lo había escrito ella.

En la primera página, nada más. Un par de dibujos sin sentido. Pasó la hoja muy despacio, meditando la primera.

En la parte superior, con la misma letra, podía leer: *Manuel Orgaño y Muñoz - 1874...*

Bajo la línea, el mismo dibujo de la anterior, pero con la equis en otra intersección.

El resto de la página tenía bocetos de lo que parecían adornos de iglesia, o lápidas.

«¡Eso es! —exclamó—. Seguro que en ese laberinto de pasillos hay nichos o tumbas donde he puesto las marcas. El nombre y apellido, o iniciales, y el año. Probablemente anoté lo que ponía en las lápidas...».

Las tres siguientes páginas eran análogas a estas dos primeras, pero con más nombres y fechas asociadas, con distinta ubicación en el croquis de sala.

Bajo todos ellos había un párrafo con comentarios. Decían que no era capaz de interpretar, escuchar o leer mensaje alguno.

Nuala se imaginó a sí misma en el suelo de la cripta, tal y como dijo el párroco. Tumbada mirando el techo en penumbra casi oscura, escuchando el sonido de las corrientes de aire.

Comenzó a hacerse la pregunta clave:

¿Qué hacía en la cripta?

¿Qué buscaba? ¿Por qué anotaba datos de difuntos?

Cerró el libro y trató de darle sentido a aquella situación.

¿Por qué querría hacer aquello?

¿De dónde sacó la idea de entrar en la cripta?

Bebió gran parte del vaso de un trago. Se estaba calentando. Volvió la vista al cuaderno, ahora cerrado sobre la mesita. Pero al contrario que los días anteriores, ahora ya no sentía ninguna angustia. Tan solo curiosidad. Mucha intriga. Muchas preguntas y la fascinación del misterio que acababa de descubrir.

Recordaba lo asustada que volvió de la catedral la noche de la tormenta. Completamente empapada y aterrada por el *shock* de haber despertado lejos de su dormitorio, de conocer su verdad como sonámbula.

Toda esa sensación había desaparecido. El miedo y las dudas por la narcolepsia se fueron según pasaron los días, a la vez que fue tratada por los médicos.

Finalmente, le habían diagnosticado una alteración por conducta inadecuada, por descontrol de horarios y vida desordenada. En principio descartaban nada físico o patológico. Le habían recomendado llevar una vida muy estricta en términos de disciplina de horario, hacer algún tipo de terapia de relajación, como yoga o similar, y una dieta baja en excitantes. Y por supuesto, prohibida la Coca-Cola o derivados. Eso es lo que más le fastidió.

Nuala tenía la capacidad de controlar sus sueños. Desde pequeña sus padres debían velar porque durmiera. Tenía tendencia a levantarse en medio de la noche para llevar a cabo cualquier tipo de actividad. Desde escribir a jugar con el ordenador, o lo que fuera. Con la prohibición de levantarse, desarrolló la facultad de ir guardando en una parte de su cabeza lo que producía, de modo que podía hacerlo al día siguiente. En este sentido, también recordaba cada sueño y era capaz de «programar» lo que iba a soñar. Podía forzar que el sueño comenzara donde se quedó la noche anterior. De este modo era como si tuviera dos procesadores.

El problema de los últimos meses era el desorden de vida que llevaba. Desembocó en episodios de sonambulismo que le impedían descansar lo adecuado, además del efecto colateral que pudiera conllevar lo que hiciera en estado de semiconsciencia.

Curiosamente, el hecho de haber revisado el diario de la catedral le había abierto nuevas vías de recuerdo. Era como si de golpe, hubiera desbloqueado una parte de su cerebro y pudiera acceder a lo que vivió en ese momento.

Si cerraba los ojos y se concentraba, podía sentir el húmedo aire de la cripta, la sensación de frío y eco. De hecho, casi podía recrear lo que veía tumbada en el suelo, cuando trataba de escuchar el viento. Era como si en vez de imaginar, estuviera recordando.

La bóveda de ese primer rellano de la cripta era un cruce de arcos de medio punto, pero con múltiples radios, como si fuera el corazón de una estrella de varias puntas. Y en el centro, una placa redonda con un sol grabado en ella.

Casi podía ver lo que su imaginación le proporcionaba. Contenta con esa sensación, sonrió y fue abriendo los ojos lentamente.

Estaba de nuevo en el centro de su refugio, en el ático de los cuatro ventanales. El verano seguía entrando a través de las cortinas.

Esa cálida sensación contrastaba con la sentida y recordada dentro de la cripta.

ADIÓS

En esta ocasión, no era el padre Juan, sino el padre don Venancio, el deán, quien oficiaba la misa en honor a doña Ángela Dueñas, viuda de don Octavio Calasparra Torqués, otrora marqués de Álvarez-Quiñones.

La policía retuvo el cuerpo unos días. Primero, para confirmar que la muerte de la guardesa se debió a causas naturales. Rodeada de indigentes, no habría sido la primera vez que acontecía una desgracia cuando peleaban por comida, espacio o vino.

Pero además de los días para la investigación, el cuerpo estuvo en el depósito porque nadie lo reclamó. Los pocos familiares que le pudieran quedar, seguramente estaban muy lejos y no les compensaría el viaje hasta allí. Además, y cómo dijo el alcalde: «A los pobres nadie los reclama, salvo el Señor en su infinita misericordia».

El caso es que tardaron casi un mes en enterrar a la pobre mujer.

Nuala no era amiga de las ceremonias religiosas, menos aún de funerales. Pero en esta ocasión hizo un esfuerzo y asistió a la misa que el pueblo dedicaba a una de sus vecinas. Aunque ahora caída en desgracia, fue en su día un referente de la nobleza y aristocracia del lugar, dando postín y renombre a la ciudadela.

La ceremonia fue muy aburrida para Nuala, cuya imaginación no paraba de volar por la cúpula principal de la catedral, esperando el final del acto.

Una vez finalizado, y tras el desfile del conjunto de sentidos vecinos por delante del ataúd, los mismos que no se dignaron a darle cobijo en vida, la iglesia volvió a quedarse vacía y en silencio.

Nuala permanecía en su banco de madera aún inmóvil, pensativa. Solo don Venancio, trasteando en los pequeños apartados del altar, rompía el silencio.

—Es una pena la normativa municipal —dijo el párroco en alto y con la intención de ser oído—. Esto antes no pasaba. Los tiempos han cambiado y hemos perdido el respeto por todo. No sé hacia dónde vamos, pero con suerte no estaré aquí para verlo.

—Perdón —dijo Nuala mientras se incorporaba, atendiendo a la expresión de don Venancio.

—Digo que lo que vamos a hacer con la señora Ángela no es de ley. No, señor, es un ultraje. Si yo mandara, esto sería distinto… —Y mostraba estar bastante contrariado.

—¿Qué ocurre?

—Pues básicamente que don Octavio dejó pagado y, sobre todo, pactado con esta, la Santa Iglesia, que, a la muerte de su esposa, esta sería enterrada junto a él en el panteón de la cripta. ¡Pero no! Ahora vienen los políticos con la ley de monumentos históricos, sanidad. ¡Qué leches! Al final nos obligan a darle sepultura en el cementerio municipal y no junto a su marido, que era lo que estaba pactado.

A Nuala se le atragantó la saliva al pensar en la cripta. De golpe, un montón de imágenes vinieron a su mente, y aunque no sabía a ciencia cierta el porqué, tenía la certeza de que ese dato estaba relacionado con sus visitas nocturnas.

No sabía bien cuál sería el nexo ni el porqué, pero su intuición había hecho saltar la alarma.

Oyó a don Venancio cerrar la puerta e irse farfullando contra las normativas de sanidad, el gobierno, etc. Volvió a su asiento y observó en silencio el féretro de doña Ángela, que seguía frente al altar.

Imaginó a su pobre amiga. Las penurias en las que se vio antes de morir rodeada de tanta miseria. Pensó que habría vivido cómodamente por su estatus de noble. Valoraba el hecho de que, aun viéndose al final tan limitada de recursos y amistades, no dejaba de compartir una sonrisa de gratitud cuando iba a verla.

Recordó con cariño los instantes en los que se sentaba a su lado y le contaba historias del pueblo, de la época en la que ella era la señora de un poderoso e ilustre miembro de la sociedad. De las envidias, de las comidillas de un pueblo. De cómo fueron pasando los años, y esa estructura social proveniente del pasado se fue debilitando y desapareciendo, junto con sus posesiones, títulos y beneficios.

Doña Ángela era una mujer sin rencores. Llena de gratitud por la buena vida que pudo llevar hasta que cayó en desgracia. Se fue amoldando a las circunstancias que la vida le plantaba y fue capaz de sobrevivir en circunstancias muy duras, sobre todo, viniendo de arriba.

Desposó —cómo la anciana decía— a su marido ya algo tarde. Ambos contaban más de treinta primaveras. Un día, la guardesa comenzó a contarle sobre cuánto le gustaban los bebés, pero cambió el semblante. El dolor afloró en su mirada. Nunca más volvió a sacar el tema, nunca permitió hablar de ello. Era un tema tabú.

A Nuala le chocaba que aquello hubiera quedado así. En la época, lo normal era que el noble hubiera hecho cualquier cosa por tener un hijo que perpetuara su estirpe, pero, hasta donde ella sabía, don Octavio siempre respetó las circunstancias y permaneció con su mujer hasta que falleció.

Pensó en mil causas, desde la educación estricta y los principios morales, o que hubiera una limitación en alguno de ellos para engendrar. A veces ocurría.

Se levantó. Al llegar al ataúd, puso su mano encima. Quería haber sentido algo, pero solo apreció la suavidad del barniz de la caja. Se descolgó de todo pensamiento y salió de la catedral, como siempre, por la puerta de atrás, justo al lado opuesto del altar mayor.

Al salir al exterior, una bofetada de calor le recordó el verano y pensó en ir a la playa. Localizó en su mente dónde había dejado la jarapa. Se dirigió calle arriba, hacia La Doble Luna.

Al llegar a la esquina, una adolescente, se le acercó y preguntó:

—Perdona, tú eras la amiga de esa señora. ¿Es verdad que estaba loca? ¿Es verdad que oía el viento?

Nuala quedó sorprendida. Reconoció a la hija de la tendera, aunque le costó un rato. No acertó a contestar nada. Se quedó mirando su cara y, con un gesto amable, la apartó para seguir su camino.

De repente, las preguntas se hicieron dudas. Las dudas se tornaron sombras en su pensamiento. Algo no encajaba en todo aquello. Tenía la sensación de saber más de doña Ángela que lo que era capaz de recordar.

Sin cuerpo

Al llegar a su puerta, tras haber subido los tres pisos de escaleras, encontró un paquete de correos apoyado en ella. Parecía un libro, por forma y peso, y el remite le sacó de dudas: Martin.

En una de sus conversaciones, quedó en enviarle un grupo de escritos que tenía pendientes de publicar para que Nuala le diera su opinión. Dicho y hecho. Seguro que el paquete contenía lo hablado.

Una vez dentro, puso el paquete junto al cuaderno de la catedral, en la mesa del centro. Se cambió de ropa y, tras comer unas manzanas, se sentó en el sofá. Abrió el paquete y encontró una caja llena de carpetas.

Había una nota de su amigo: *Espero que te gusten y no seas muy crítica. Son ensayos, bocetos, planteamientos o solo premisas para nuevas obras. Por favor, dame tu impresión cuando sea posible. Hay un par de ellos que están a punto de ser enviados a mi editor para su corrección y publicación. Gracias por todo tu apoyo. Por cierto, ¿qué más sabes de tus escapadas nocturnas/noctámbulas a la cripta? Estoy intrigado con eso. Te pediré permiso para escribir sobre ello. ¡Es tan emocionante!*

Nuala sonrió mientras miraba por encima los trabajos, leyendo los títulos y anotaciones que todos tenían en la primera página.

Uno de ellos le llamó especialmente la atención. Su título era suficientemente largo e inquietante: *De cómo la medicina nos aboca al caos legal y social de la identidad de las personas sin cuerpo.* Y junto al título una anotación: Blade Runner *se queda corto. Si lo pilla un editor de Hollywood, me lo compra* ;).

Comenzó a leer:

El 3 de marzo de 2016, el doctor italiano Giacomo Costa consiguió un hito en la historia de la medicina: mantuvo la cabeza de un paciente durante más de dos semanas viva, sin cuerpo, solo con conexiones a aparatos de alta tecnología.

Durante esas dos semanas, el paciente estuvo en coma, y las constantes vitales eran chequeadas en tiempo real por un ejército de sensores y ordenadores.

Tras ese período, el doctor «desconectó» al paciente por expreso deseo de la familia, que previamente había consentido el experimento.

El paciente, ya en fase terminal, fue el principal incitador de esta prueba. Trabajaba con el doctor Giacomo y sufría una enfermedad degenerativa sin cura posible. Quiso contribuir hasta el final en el proyecto. En su honor, el doctor renombrará el proyecto como «Carlo Moreti».

Tras el anuncio en prensa y publicaciones especializadas, comenzó a correr el rumor de que la cabeza no estuvo en coma, sino consciente y completamente espabilada. Y no solo eso, se decía que nunca fue desconectada y que, durante años, la familia visitó las instalaciones del centro de investigación, pues Carlo Moreti estaba en perfectas condiciones, salvo por la ausencia de cuerpo.

Con los años, otros centros comenzaron a investigar en esta línea y a fecha de hoy, cincuenta años desde el primer anuncio, existen muchas empresas que mantienen tu cabeza viva, una vez que tu cuerpo ha perdido la capacidad de hacerlo. El desconcierto social es grande, pues a estas personas que son mantenidas vivas de modo artificial no es sencillo englobarlas en un colectivo.

Los primeros problemas son legales: al no morir, no hay herederos, y todo lo que conlleva en términos de responsabilidad, propiedad, etc.

Por otra parte, la población solo crece y crece, creándose una comunidad de «sin cuerpo» cada día más numerosa. Además, en muchos lugares se les mantiene toda su entidad legal como personas, por lo que algunos de sus miembros más acaudalados gozan de un ejército de abogados que pleitean y luchan continuamente por los derechos de sus clientes.

A nivel electoral, es una guerra sin cuartel, pues el colectivo no hará otra cosa que ampliarse, y en aquellos lugares donde tengan pleno derecho de voto, determinarán tarde o temprano el dirigente que será elegido. Los candidatos ya legislan en su favor.

La industria y el negocio que se han generado en torno a ellos es gigantesca, desde empresas «alojadoras», llamadas mindhotels, a todo lo relacionado con las comunicaciones, entretenimiento dedicado, visitas virtuales, asuntos legales, etc.

Se han producido levantamientos populares en contra de esta práctica.

Es considerada contra natura por los sectores más radicales de todas las religiones y está desestabilizando las estructuras sociales en muchos países.

Alguna revuelta ha atacado centros mindhotels causando daños a los individuos allí alojados.

En Holanda, dos personas sin cuerpo que se conocieron por Internet, contrajeron matrimonio en el día de ayer. Lo que supone una vuelta de tuerca más a todo este asunto.

Nuala no daba crédito a lo que leía. Menuda imaginación tenía el amigo Martin. Era cierto que si caía en manos de un productor, se podría montar una película sobre ese argumento. La cantidad de opciones, de circunstancias, situaciones, era infinita. Daba mucho juego si se enfocaba correctamente.

Cerró la carpeta con el resto de papeles. La dejó bajo la mesa, donde estaba el cuaderno de la catedral, esperando a seguir siendo leído.

Volvió su mente a la cripta. Solo había leído cinco páginas y todas se referían al primer rellano del pasillo, donde las viejas tumbas.

De las páginas dedujo que anotó los titulares de las lápidas y el año de entierro, aunque era todo suposición, pues apenas recordaba haber estado allí. Sabía a ciencia cierta que estuvo en estado de sonambulismo. Por esta razón, de vez en cuando, le venían imágenes a la memoria.

Tenía muy claro qué se encontraría en la cripta. Pero las preguntas seguían estando en su cabeza:

¿Qué hacía en la cripta?

¿Qué buscaba?

¿Por qué anotaba los nombres de los difuntos?

¿Por qué querría hacer aquello?

OTRO CUENTO

Doña Isabel estaba muy tranquila. Hacía días que no tenía ningún problema y volvía a ser la cotilla que era antes del susto. Por suerte para Nuala, estaba muy ocupada en fisgonear a la nueva inquilina.

Cuando vio bajar a Nuala por la escalera, abrió la puerta pretendiendo que no se notara que la estaba esperando.

—Buenos días, niña, ¿dónde vas hoy? ¿Has bajado a la playa temprano? ¿Oíste las fiestas anoche desde arriba? ¿Estuviste en la plaza?

Aún no había empezado a asimilar la primera batería de preguntas cuando llegó la segunda:

—¿Conoces ya a la nueva? ¿Sabes que es bailarina? En el pueblo dicen que baila en el local ese de burlesque o como se llame... ¿Has visto si...?

No le dio tiempo a formular la última pregunta. Nuala se había despedido con un gesto de «lo siento, tengo mucha prisa» y ya había abierto el portón principal hacia la calle.

Al llegar a la catedral, encontró la puerta por la que solía entrar cerrada, por lo que no le quedó más remedio que acceder por la puerta principal.

Sin hacer ruido, cerró el portón al entrar y se dirigió por los pasillos laterales hacia la parte trasera, a la séptima y última galería transversal. La decoración era la más extraña y de temas paganos, alejada de todo formulismo y moda de la época en la que se cree que se construyó.

Como otras mañanas, se sentó en el banco de piedra bajo la vidriera de San Jorge. Empezó a escribir un nuevo cuento, basado en historias sobre el ritmo y la frecuencia que Martin le había contado.

Buscaba un cuento donde el sonido, la voz, tuviera un papel importante, a la vez que quería transmitir el mensaje de la importancia de respetar y mantener siempre el original.

Entonces, ideó un argumento con un mago a quien unos críos le cogen algunos hechizos y se ponen a jugar con ellos. Tres entran en la cabaña del mago y mientras dos entretienen al anciano, el otro arranca una hoja del libro de sortilegios. Pero con la prisa, al arrancar la hoja, esta se rompe y una parte se queda en el libro. Cuando tratan de leer los hechizos, al estar incompletos, todo les sale mal. Cuando están metidos en un lío monumental, el mago acude en su ayuda. Recupera la hoja de su libro mágico y les castiga por todo un año.

«Vaya, la temática y el mensaje son demasiado complejos para el tipo de cuentos que quiero escribir... Deberé buscar otra manera», le vino a la mente.

Por fin, encontró un relato que su cabeza fue moldeando, para que el sonido predominara y diera sentido al texto. Simplificó el mensaje. Acortó las frases y lo hizo infantil, muy muy infantil. Cerraba de este modo su segundo cuento para la nueva serie.

Lo releyó varias veces en alto. Lo grabó y lo escuchó para asegurarse de que el conjunto tenía sentido. Cuando estuvo satisfecha, lo subió a su blog.

Era la hora de comer. Recogió todos sus bártulos y volvió a su casa. Tenía la esperanza de no tener que pararse a cotillear con doña Isabel sobre la nueva inquilina.

«Qué más dará dónde trabaje...», pensaba mientras comenzaba a subir las escaleras.

HOGUERA Y LUNA LLENA

Pasear por la playa de noche era un placer en verano. El único problema era que había demasiada gente que pensaba lo mismo. Si Nuala buscaba un poco de soledad, acababa sorteando los grupos de amigos y parejas que estaban en la arena.

Aunque ya casi había terminado el verano, la jornada fue muy cálida y bochornosa. La gente se refugió durante el día y, al llegar la tarde, salieron a pasear por las blancas casas de la ciudadela y el paseo marítimo.

Los más valientes se acercaban hasta la playa para disfrutar del espectáculo de la luna llena sobre el mar en calma. En el borde del agua, la brisa corría suave. Era agradable sentirla templada.

Nuala paseó con los pies en el agua durante un rato, recorriendo la orilla de norte a sur.

Junto al espigón, vio una hoguera y un grupo de personas que, en torno a ella, bailaban y saltaban.

Decidió acercarse a ellos.

Era un grupo muy variopinto. Algunos vestían como *hippies*, otros de negro, como más gótico, y unos pocos, no vestían. Había personas de todas las edades, hasta una anciana junto a la hoguera que parecía la gran matriarca.

Un aparato reproducía música y muchos de ellos bailaban. Los niños correteaban en torno a todos. Una barbacoa junto al fuego expedía un atrayente aroma.

No había llegado hasta ellos cuando se le acercó una chica joven, vestida de blanco y con una diadema de flores sobre la cabeza:

—Hola —dijo—, sé bienvenida. Tú eres la chica de la iglesia, ¿verdad?

Nuala miró perpleja, y antes de que se diera cuenta ya estaba siendo presentada a todo el grupo.

—Me llaman Curla, y hace más de un año que vivo en la colonia. Todos los que estamos aquí vivimos en ella. La más anciana es la abuela Tula, que está sentada junto a la hoguera. El más pequeño es Nicolás, el bebé de Sunny y Fer, que nació hace dos meses...

Aún con la sorpresa en la cara, preguntó:

—¿Pero vivís en la ciudad? ¿Sois de aquí?

—No, la mayoría hemos venido de otros lugares, pero vivimos juntos en la colonia junto al viejo faro. Somos una especie de mancomunidad en la que cada uno aporta algo al grupo. Entre todos nos ayudamos. ¿No te han hablado de nosotros?... Pues es raro, porque siendo el pueblo tan cerrado... ¡¡Nos tienen colgado el sambenito de *hippies*, que vivimos en comuna, entre orgias y aquelarres!! —rio Curla—. Mira, este es Siro, el músico. Compone mucho de lo que luego tocamos por las calles.

Nuala saludó mientras Curla se acercaba a otras personas:

—Este es Joaquín, nuestro carpintero, electricista y fontanero... Paula es la profesora de la guardería... Esa es Teresa, la doctora..., y aquel de allí es Dorian, el grafitero...

Nuala iba inclinando la cabeza a modo de saludo a todos los que le eran presentados. «¿Grafitero?», sonó en su mente.

—Hola. ¿Te gustó el dibujo que hicimos en tu pensión? ¿Y el del supermercado? Una lástima, no les gustó a los del ayuntamiento... ¡Es lo triste del arte!... Siempre incomprendido...

Curla cogió a Nuala del brazo sin darle tiempo a responder y se acercaron a otro grupo. Poco a poco, fue conociendo a todos los que estaban en la playa.

Cuando acabó la ronda de presentaciones, se sentaron sobre la arena mirando al mar, junto a la marmita.

—Bueno, ¿qué te parece? —preguntó Curla.

—Gracias, muchas gracias, me ha gustado mucho conocer a todos. Muchas gracias por vuestra hospitalidad. Parecéis muy felices, muy a gusto aquí.

—Sí, somos una gran familia. Espera, toma, prueba esto. Se llama cuerva, es como una sangría. Está muy fresquita y entra muy bien, pero ten cuidado, que pega mucho.

Le extendió una jarra que acababa de llenar en la marmita. Ambas brindaron y miraron al mar por un rato. En silencio. Disfrutando de la luna reflejada en el agua. Las olas eran tan suaves que parecía un efecto de fotografía.

—Curla —carraspeó Nuala—, me gusta mucho vuestro estilo de vida. Durante una etapa yo viví con un grupo de animadores, correcalles y todas esas cosas. Vivíamos también en grupo, aunque no tan organizado como vosotros.

»Por cierto, el otro día vi los dos murales de grafiti en la calle. El policía junto a mí dijo que conocía a los autores y que les iba a hacer pagar los desperfectos.

Curla hizo un gestó cómico de «¡Qué miedo!».

—El del supermercado me gustó, aunque algo gore, demasiada sangre, pero al ser una protesta tiene su lógica.

—Sí, sí, los dos murales fueron por encargo. Dorian no mueve un espray si no es por dinero. La asociación de defensa de los animales son amigos nuestros y les hicimos algo de publicidad. De hecho, salió en los periódicos locales, por lo que objetivo cumplido.

—Curla —preguntó Nuala—, ¿qué significaba el pequeño jabalí junto al nombre de la asociación?

—¿Jabalí? Ah, sí, ya recuerdo. Eso lo hizo Xuxa, que además de estudiar historia, le gusta pintar y está empezando. Es algo cultureta y siempre hace algún detalle de ese tipo. Creo que lo copió de la catedral... Por cierto, hablando de eso; el otro día fuimos a tu pensión a hablar contigo, pero la casera se puso de mal humor y nos echó con cajas destempladas...

—¿A mí? ¿Fuisteis a buscarme? ¿Por qué?

—Eso son cosas de Xuxa. Quiere pintar un mural en el patio interior de la iglesia y quería preguntarte cómo habías hecho para que te dejaran entrar allí todos los días...

Nuala se echó a reír al conocer la identidad y las razones de los extraños que tanto habían asustado a doña Isabel. Le contó el incidente a Curla y compartieron risas.

—Por cierto, lo que no me gustó fue el mural de la pensión. Resultaba ofensivo y no era justo con doña Isabel. Es algo estirada, pero no es mala persona. Debe haberlo pasado muy mal para mantener el negocio todo este tiempo.

Curla se disculpó.

—Eso fue culpa de Javi. Su padre y la dueña esa están enzarzados desde hace años en una disputa legal por el solar que hay junto al edificio. Dice que tarde o temprano la vieja morirá y entonces podrá comprarlo. Pero el otro día, se le fue la pinza y nos pagó muy bien por pintar un mural... y otras cosas que yo no comparto y en las que no participé.

—Ufff, no me parece bien —espetó Nuala.

Volvieron a quedarse calladas frente al mar. El resto se habían acercado a la barbacoa y la fiesta estaba en pleno apogeo. Todos saltaban alrededor del fuego, comiendo y bebiendo.

Curla se levantó y se unió a ellos. Nuala se quedó un rato mirando el mar. Pasado un rato, trató de levantarse, pero se dio cuenta de que había bebido más de la cuenta.

Al levantar la mirada vio junto a ella a la matriarca. Sentada y mirándola fijamente. Se llevó un pequeño sobresalto, se sentía incómoda.

—Hola, ¿te gusta la cuerva? Es una antigua receta traída por mis antepasados, de lo más profundo de las tradiciones zíngaras. Es mágica, ¿lo sabías? Te permite ver el futuro si abres bien los ojos. ¿Tú qué ves?

Nuala la miró incrédula. La jaqueca comenzaba a inundar su cabeza. La anciana la incitó a contestar gesticulando con las manos.

—Venga, venga, ¿qué ves?

Con la mirada en el mar, y con mucha dificultad para no trabar la lengua, Nuala trató de contestar:

—No veo nada..., el mar..., la luz..., y la luna... Bueno, la luna, no, ¡las dos lunas porque veo doble! —Y se dejó caer en la arena con una risa tonta que no podía parar.

Cuando se serenó, la matriarca se acercó a ella y muy suavemente le dijo a modo de despedida:

—Entonces, puede que sea tu futuro...

LA CRIPTA EN PAPEL

La mañana siguiente a la cuerva de la playa, no pudo levantarse hasta pasada la hora de la comida. Le dolía la cabeza y la resaca era descomunal.

Ordenó un poco el cuarto. Pensaba en la alegría que se llevaría doña Isabel cuando le contara lo de su grafiti y todo lo demás. En el fondo, intuía que la casera sabía más de lo que había contado.

No tenía cuerpo para comer, se echó la siesta. Le pesaban los brazos y la cabeza no paraba de zumbar.

Recordó las palabras de la playa y cómo llegó a casa dando golpes con todas las paredes de la ciudad, cómo no atinaba a abrir el portón y el ruido que hizo al subir las escaleras. Eso no le haría tanta gracia a la casera...

Con la llegada de la noche, se sentía mucho mejor. Sentía el cuerpo en calma y tenía la cabeza despejada. Quería seguir leyendo el cuaderno de la catedral.

Se sentó en el sofá y encendió unas velas. Junto con la luz que entraba de la calle, era más que suficiente para leer.

Las siguientes páginas eran la evolución de las primeras. En cada una, se enumeraban una serie de nombres o iniciales y una fecha. Bajo ellos siempre había un croquis y un comentario como pie de página.

En muchas de las hojas, había esbozos de dibujos. Nuala pensó que eran detalles de la cripta que le debieron gustar, y como siempre, los había pintado.

Según lo escrito, dedujo que debía estar buscando una tumba en concreto, o algo relacionada con ellas. En los comentarios ponía que sentía que no podía estar lejos, que seguramente estaría oculto entre otros.

Le llamó la atención que en aquellos casos en los que no escribía un nombre, sino iniciales, marcaba en círculo todas aquellas cuyas segundas letras eran una C o las terceras eran una D, independientemente de la primera.

De todas las hojas, destacaban las que parecían estar escritas en el panteón o cámara dedicada de don Octavio. Recordó entonces las palabras del padre Venancio. Sintió pena de que no hubieran podido enterrar a la amable guardesa junto a su marido.

Por alguna razón, en ese lugar empleó varias páginas, bocetando con más detalle lo que parecían adornos o elementos de decoración.

Llegó a la conclusión de que era hora de hablar con el padre Juan. Quería pedirle que la llevara a la cripta para contrastar todos los detalles del cuaderno. Sin duda, la clave podría estar ahí. Echar un vistazo sería la manera de llegar al fondo de este asunto.

Le resultaba extraño estar tratando de entender algo relacionado con ella y no tener certeza de qué se trataba. Intentaba recordar, cerraba los ojos con la esperanza de que alguna imagen le viniera a la cabeza.

No era fácil. Los recuerdos de todo aquello no solo eran vagos, sino que ella misma dudaba de si eran recuerdos o imaginaciones que había montado en torno a lo leído en el cuaderno, tratando de dar lógica a todo aquello.

Lo que sí parecía tener claro era el plano de la cripta, al menos donde ella se había movido.

Se sentía con ganas de dar el siguiente paso, descubrir qué hacía allí y, sobre todo, qué buscaba en medio de la noche.

Le atraía tanto el qué como el motivo que le llevaba a ello, pero sin saber el primero no podría saber el segundo.

Estaba decidida, había que hablar con el padre Juan.

HIBBA

Que el verano se marchaba era un hecho. Volviendo de la playa se sentía fresco. Las mañanas se hacían más frías, y las golondrinas comenzaban a abandonar los nidos.

Llegando a la pensión, Nuala reconoció a su nueva vecina, que llegaba cargada de bolsas.

—¡Espera, espera que abro! —le gritó al acercarse. Corrió a abrir la puerta y se ofreció a ayudar para subir las bolsas.

—Así que te llamas Nuala. Muy bonito. Es irlandés, ¿verdad? Yo me llamo Hibba; bueno, me llaman Hibba, aunque mi nombre es otro.

Comenzaron a hablar, subiendo las escaleras hasta la planta de la nueva inquilina.

—¿Por qué no bajas y comemos juntas hoy? —preguntó Hibba.

A Nuala le pareció buena idea y quedó en visitarla a la hora de la comida.

Subió deprisa para ordenar sus grabaciones. Estaba clasificando todo el material en el ordenador. También tenía intención de añadir contenido en el blog; llevaba unos días sin hacerle mucho caso.

Había aprendido a hacer un postre sencillo con masa de hojaldre y Nutella. Se ponían dos bases circulares de masa con el chocolate dentro. Con un vaso se marcaba un círculo central y desde ahí se cortaban unos radios hacia afuera. Luego se trenzaban las patas que se habían creado y se doraba con huevo. Un rato en el horno a 180 grados y, como resultado, un estupendo postre casero.

Esperó a que se dorara el pastel y lo puso sobre una bandeja. Bajó a comer con su nueva vecina.

Resultó una comida muy agradable, pudieron hablar de muchas cosas y conocer de sus vidas. A Nuala le fascinaba saber la historia de las personas, de su pasado, de cómo habían vivido y de las experiencias de cada uno.

Especialmente, le apasionaba el modo en que cada persona contaba su vida. Solía decir que las personas cuentan más de ellas por el modo en que narran sus vivencias que por las propias experiencias descritas.

Hibba era, ante todo, un cofre lleno de sorpresas. Pasó gran parte de su carrera profesional como informática. Durante muchos años, su vida giraba en torno a su trabajo y el cuidado de su hijo. Le tenía de modo alterno, tras un proceso de separación y una resolución de custodia compartida. Pero su pasión era la danza. En esos años, apenas pudo dedicar tiempo a lo que realmente le gustaba. El tiempo fue pasando y cuando el hijo voló del nido, se replanteó su vida de modo drástico. Tras un par de meses de reflexiones, dejó todo ese mundo de rutina gris y volcó su vida en el baile. De este modo, llegó a la ciudadela, un lugar donde podía vivir en paz dedicándose a su pasión.

Aún estaba acomodándose. Su idea era fundar una escuela de danza y compartir sus conocimientos con los niños, otra de sus debilidades.

Encontró trabajo en el SlimStar, un local con variedades más bien tirando a espectáculo para adultos. Entró gracias al dominio que tenía del burlesque y sus variedades. De hecho, era la atracción estrella y la que traía clientela al local.

Pasaron la tarde hablando y compartiendo vivencias. Sin darse cuenta, el día se fue yendo. Justo antes de salir, Nuala le contó el modo en que referenció doña Isabel su trabajo. Rieron un rato más y quedaron para otro día.

Siempre que hablaba de sus cosas, Nuala sentía que se le revolvían las ideas. Los recuerdos afloraban más allá de donde había querido llegar. Le costaba varias horas volver a cerrar la caja donde se guarda el pasado.

En esta ocasión, no cerró bien la tapa y los recuerdos de su madre le inundaron la cabeza.

Se acostó melancólica, con añoranza, con la sensación de que por mucho que llueva, hay huecos que nunca se tapan.

Esa sensación le llevaba a dormir hecha un ovillo, abrazando las piernas, queriendo volver a la posición fetal en el vientre de su madre.

MADRE

Pensar en ella era siempre una mezcla de sensaciones. Por una parte, la eterna gratitud a quien le dio todo, mucho más allá de la vida. La de sinsabores que las madres pasan pos los hijos, los sacrificios infinitos, los esfuerzos más generosos.

Proínsias, siempre que hablaba con Nuala sobre el tema, le recordaba el enfoque antropológico de Desmond Morris en el mono desnudo:

La gran diferencia entre padres y madres con relación a los lazos con sus crías se observa en la escala de valores de cada uno. Para el padre, las crías siempre están por debajo de la madre, que es el eslabón más alto. Para las madres, las crías pasan siempre a estar en un eslabón más alto que el padre, relegándole a él a un segundo lugar...

Esta aseveración justificaba, según Proínsias, las diferencias que se producen en las parejas cuando llegan los hijos. La dificultad de los padres para asumir ese papel, relegados por los hijos, y las tensiones que todo ello conlleva. Especialmente en la educación y el trato entre ellos.

Pero en el fondo, era mucho más que todo eso. Quedarse en las diferencias que marcan en la pareja era quedarse solo con una parte del todo. Para Nuala, aquella cita venía a resaltar lo más importante de todo ello, que era la relación de lazos increíbles que se establece entre la madre y sus crías. Mucho más poderosa que un lazo de sangre, mucho más fuerte y duradera que cualquier otra unión.

Para ella, las madres no acababan en su ser, sino que dejaban un poquito de sí en cada uno de los hijos que parían. Por eso, lo de «carne de tu carne» era más literal que un simple dicho.

Se entristecía por no haber sabido agradecer suficientemente a su madre todo aquello. Sentía tanta pena por ello como miedo a ser madre y adquirir esa misma responsabilidad respecto a los nacidos de ella.

El brillo de los ojos de Hibba al hablar de su hijo era pasión. La misma que vio en la guardesa de la fuente el día que comenzó a hablar de bebés, y el dolor cubrió su mirada.

Nuala sentía frío y alegría cuando pensaba en la maternidad. Aún era joven, pero el tipo de vida que quería llevar no era compatible con la estabilidad necesaria para tener hijos.

La responsabilidad pesaba mucho. El miedo al sacrificio, a renunciar a tanto, dedicar la vida a sacar adelante a una panda de ingratos, como le dijo un día una amiga de su madre.

Miedo y ansiedad, justo lo que quitaba el sueño. Para estos casos extremos, tenía un viejo remedio irlandés para el catarro, que siempre funcionaba.

Preparó agua hirviendo, cortó unas rodajas de limón. En un vaso, puso un tercio de *whiskey* bien caliente, una rodaja de limón con seis clavos de especia, mucho azúcar y cubrió con otros dos tercios de agua hirviendo.

Cuando se enfrió lo suficiente, lo tomó tan rápido como pudo. Sintió un inmenso calor en el pecho que le bajaba hasta el estómago. Un lento bienestar se apoderó de su cuerpo. Se volvió a la cama.

El viejo remedio siempre funcionaba. Si no era a la primera, a la segunda. Y si aun así no era suficiente, una tercera nunca fallaba.

No hizo falta tanto. Las cortinas se despertaron según ella entraba en sueños. El otoño empezaba a anunciar su llegada. Pronto habría que cerrar las ventanas para dormir.

LA CRIPTA EN PIEDRA

La jornada prometía ser interesante. Unos días atrás, le contó al padre Juan todo lo que había descubierto en el cuaderno, y acordaron bajar juntos a la cripta a echar un vistazo. El párroco buscó el mejor día, cuando don Venancio salía a la capital a solucionar asuntos en el arzobispado. No quería decirle nada para no tener que dar explicaciones, así que lo mejor era esperar al día en que se ausentaba. De este modo, podían investigar sin ser molestados.

Ese día había llegado.

Nuala cogió todo su equipo habitual, añadiendo dos linternas LED de alta potencia y su cámara de fotos, claro está. Tampoco olvidó el cuaderno de notas, la grabadora y el bloc que se trajo de sus correrías por la cripta en estado de sonambulismo. Este último lo quería usar como plan de viaje.

La idea era averiguar por qué iba allí y qué buscaba entre las tumbas.

La catedral resultaba increíble, brillante, con la luz tamizada del cielo de nubes panzudas. Las piedras del exterior, sin ser blancas, recogían la luz de modo muy intenso y daban al conjunto un aspecto celestial, propio para el edificio.

El padre Juan estaba repasando los murales del corredor izquierdo, el más oscuro por la disposición de las vidrieras ajustadas al irregular diseño de la planta. Hace días, una feligresa le contó que uno de los cuadros había cambiado y él no tenía constancia de ningún trabajo de restauración que justificara el cambio. Tendría que comentarlo con don Venancio; en su inspección, no encontró nada raro.

Recibió con alegría a Nuala, como siempre. Se sentaron un instante en los bancos, repasando los detalles que ella le dio por teléfono, a la vez que le mostraba, según avanzaba su relato, las hojas del cuaderno a que se refería.

El párroco estaba asombrado del nivel de realidad de los croquis que le mostraba y asentía con la cabeza ante la idea de que, fuera lo que fuera que buscara, estaría entre las tumbas.

Accedieron a la cripta usando el método que el padre relató a Nuala. Tuvo que ser él quien lo mostrara, pues ella no recordaba nada.

Un estrecho pasillo de oscuridad y misterio se abría ante ella.

Dentro, la humedad daba brillo a los viejos muros, oscuros, de piedra negra. A pesar de las bombillas, el lugar no dejaba de ser tenebroso. La sensación de angustia se acrecentaba al avanzar por el pasadizo de acceso. Cuando parecía que se iba a estrechar aún más, llegaron al rellano principal. Nuala calculó que no habrían bajado mucho, a pesar de lo largo que resultó.

Era tal y como estaba pintado en el bloc. Un cruce de mil caminos, con bóvedas imposibles, y con tumbas entre los corredores que de allí partían.

Por suerte, y como fruto de algún trabajo de investigación anterior, los pasadizos estaban numerados por una chapa de metal que los identificaba. El padre Juan comentó que los números 3 y 4 iban hasta el mismo cementerio.

Nuala encendió sus potentes linternas y comenzó a mirar en las tumbas que tenía marcadas en su cuaderno. Comprobó que las anotaciones eran exactas y que correspondían con lo que ponía en las lápidas.

Desde este primer rellano bajaron al segundo, donde otro montón de tumbas se encontraban entre los distintos pasillos que allí confluían.

Al igual que en el primero, todas las anotaciones eran fieles a la realidad. Los dibujos de los adornos también los había recreado. El padre Juan estaba sorprendido de tanto detalle.

Nuala no paraba de tomar fotos. Solo era su cámara, pero parecía que había un ejército de *paparazzi* junto a ellos, por la cantidad de *flashes* y destellos que se veían.

Muchos de los nichos contaban con un pequeño espacio previo, con arcos y decoración gótica. Estilizados, extrañamente situados para ser un lugar tan oscuro.

Las galerías entre rellanos se estrechaban en el centro, dejando hileras de nichos a los lados.

La sensación de ser observados tomaba fuerza cada vez que, con el rabillo del ojo, miraban las sepulturas que iban dejando atrás.

Poco a poco, fueron recorriendo todas las indicaciones marcadas en el diario, donde solo constataron que todas las notas eran reflejo de la realidad.

—¿Y ahora? —preguntó el párroco.

Nuala se quedó un rato pensativa. Se sentó en el húmedo suelo, tratando de encontrar el motivo que le llevó a meterse allí dentro. Le dio vueltas a la cabeza y repasó con el padre Juan todo cuanto le había contado anteriormente.

Volvieron al panteón de don Octavio, sumergido en ese embrollo de laberintos. Repasaron una a una cada hoja del cuaderno dedicada a esa estancia.

Aunque era un espacio aprovechado en un rellano, estaba ricamente adornado. «Con más sensibilidad», dijo Nuala. Multitud de arcos y péndulos creaban un espacio que emulaba un invernadero, pero sin cristales. Todo en un refinado y elegante estilo. Con mucha armonía entre los arcos, que parecían marcar un ritmo que se apaciguaba según se alejaba del centro. Era, sin duda, un lugar diseñado con mucho cariño, con sentimiento.

Extrañamente, dentro del recinto definido por los arcos exteriores, no había humedad. Como si los inexistentes cristales aislaran de verdad el interior del húmedo ambiente de las galerías.

«Qué pena que esto esté tan escondido», pensó Nuala.

En la zona interior, junto a la lápida de don Octavio, el nicho vacío que esperaba los restos de su esposa. Algo que ya nunca iba a ocurrir debido a las leyes sobre monumentos históricos. A Nuala le dolió ver aquello y le trajo de nuevo la guardesa a la mente.

Don Juan tampoco supo hallar el porqué de las iniciales marcadas con un círculo. Sin duda buscaba a alguien, probablemente cuyas iniciales fueran coincidentes con lo marcado en el cuaderno.

Pero don Juan era muy joven para conocer una referencia histórica que diera sentido a aquello.

La idea de contar con don Venancio empezó a tomar forma en la mente de Nuala.

PLAYA. FINAL DE VERANO

Como muchos días, Nuala había visto amanecer en el mar. Pero en esta ocasión, su cabeza estaba aún en la cripta. En la visita que había hecho con el padre Juan y en todo cuanto allí encontró.

Aun estando en la playa, repasaba una a una las estancias anotadas en su bloc. Miraba las fotos que había tomado en su cámara. Estaba ansiosa por llegar a casa y verlas en grande en la pantalla del ordenador. Esperaba poder descubrir algo de ese modo.

El rito del amanecer fue más automático que nunca, apenas reparó en la belleza del sol cuando empieza el otoño. En lo maravilloso que resulta el tono con que riega todo al nacer. El ángulo de inclinación respecto al sol provoca rayos oblicuos que crean una gama de colores propia de este período. Los amantes de la fotografía lo valoran por la calidez y temperatura del color, solo comparadas con el atardecer.

Tan pronto llegó a casa, cogió unos cereales y desayunó mientras sacaba la tarjeta de memoria de la cámara. Copió todas las fotos en una carpeta del ordenador.

Pasó la mañana repasando las hojas del cuaderno, comparando los dibujos y anotaciones con las fotografías que tomó.

Le dio la hora de la comida y apenas comió. Empleó todo el día en la labor de investigar el material, buscando respuestas a sus preguntas.

Estaba cansada y le dolían los ojos. Se dio cuenta de que atardecería en breve y le apeteció bajar a la playa, a ver si encontraba el grupo de la cuerva. Eso sí, se prometió no beber, al menos tanto, en esta ocasión.

Al bajar pasó frente a la puerta de Hibba. Pensó en pedirle que le acompañara. Tras llamar a la puerta, dedujo al no tener respuesta que, debido a la hora que era, seguramente estaría ya trabajando. Imaginó a su nueva amiga bailando y sonrió.

Al llegar a la playa, sintió que el otoño ya había llegado. La sensación no era ya de fresco, sino de frío. Apenas cuatro chicos hacían el ganso junto al mar. Del grupo de correcalles no había ni rastro.

El mar golpeaba la fría orilla. La brisa ocupaba el lugar que el calor del verano había dejado.

Paseó por la orilla hasta el espigón. Estaba desierto, como meditando afrontar una nueva estación invernal. Las gaviotas volaban alto, aprovechando las térmicas que aún se creaban junto a la arena.

En el horizonte, la sensación de frío se hacía más eterna y preparaba el lecho a la noche, que en breve llegaría.

De vuelta del espigón, la silueta de la ciudad se alzaba oscura. Solo el grupo de adolescentes desafiaba a los elementos con sus juegos y carreras. Al llegar junto a ellos escuchó un saludo:

—Hola. —Era la chica de la tienda de la cuesta. Esta vez la reconoció a la primera—. Hola —volvió a decir la chica levantándose de la arena y acercándose a Nuala—. Siento si te molesté cuando te pregunté si la anciana estaba loca. No era mi intención ofender. Toda la ciudad hablaba de ello y como te vi tantas veces con ella pensé que..., no sé, perdona mi atrevimiento.

—No te preocupes, es normal. Solo que me quedé un poco bloqueada. Es cierto que yo era la única que estaba con ella en la plaza de la fuente. Pobre mujer. En el fondo estaba muy sola. Y la soledad es muy posesiva, nos envuelve y aleja de los demás. Gracias por tus disculpas, pero no hacen falta. Muchas gracias.

—No solo te vi en la plaza. Recuerdo una noche que estábamos haciendo inventario en la tienda. Al llegar a la catedral, te vimos seguirla y entrar por una de las puertas de atrás. Mi padre se quedó mirando y os señaló con el dedo cuando entrabais. Luego estuvimos todo el camino a casa preguntándonos por qué. Pero no lo tomes como un cotilleo, solo que nos sorprendió un montón.

Se produjo un chispazo en la mente de Nuala. De golpe, recordó la escena que la chica le estaba refiriendo. Era algo que tenía bloqueado y que, gracias al comentario, se había vuelto a activar.

¡Vaya! —exclamó—. Muchas gracias, muchas, muchas gracias. —Dijo adiós con la mano y echó a correr hacia casa.

La cabeza le bullía, y todo aquello que recordaba vagamente como parte de un sueño tomó entidad de recuerdo claro y conciso. Un chorro de secuencias e imágenes le vinieron de golpe. Mil conexiones se cerraban al ritmo que iba recuperando todo ese tiempo que tenía perdido.

Subió las escaleras de dos en dos, a toda velocidad, ansiosa por llegar a su casa.

Entró y echó el cierre con tres vueltas de llave. Se puso cómoda, preparó una infusión y comenzó a repasar todas las grabaciones de viento que había estado limpiando e invirtiendo.

Ahora estaba completamente segura de la vinculación de doña Ángela con su presencia nocturna en la cripta. Aún le quedaban cosas por recordar, pero su intuición le decía que ese era el camino en el que debía investigar.

Pasó la noche escuchando los sonidos del viento que tenía almacenados. Del derecho. Del revés. Una y otra vez.

Pero por más que se metía en los sonidos, no era capaz de encontrar ningún mensaje. Ni una sola pista sobre el secreto que la anciana dijo que le revelaría.

Comenzó a sentir mucho sueño. El día fue largo y lleno de preguntas. Resolvió alguna de sus dudas. Ahora estaba agotada.

Apagó el ordenador y cerró las ventanas.

Mientras se tumbaba sobre la cama, reparó en que hacía mucho que no tenía un episodio de sonambulismo. Había puesto marcadores en la puerta y no detectó haber salido. Estaba segura de no haber realizado más paseos.

Fue cerrando los párpados. De nuevo, con el gregoriano sonando de fondo, y la mano en la pared...

DON VENANCIO

Bajó deprisa las escaleras, pues pensaba que llegaba tarde al amanecer. Al llegar a la puerta de Hibba, llamó con una suave palmada.

Inmediatamente salió su amiga, con indumentaria playera, como si aún fuera verano. Apenas cruzaron dos palabras y echaron a correr hacia la playa.

Nuala le había hablado de su costumbre de ver amanecer junto al mar, del rito de contemplar el sol naciendo sobre las aguas. Había prometido llevarla la próxima vez.

Llegaron a tiempo para extender las jarapas y poco más. Enseguida, el sol rompió en el horizonte, llenando todo de luz y sembrando una lluvia de brillantes reflejos sobre el mar rizado.

Lo observaron en silencio, calladas. Con las gafas de sol y los filtros de observación solar que llevaba con ese fin.

Hibba estaba fascinada por el espectáculo. Nuala, feliz de poder compartirlo con su amiga.

A pesar de la muerte del verano, ver el nacimiento del sol seguía siendo posible, pues aún no habían llegado las nubes invernales. En esa zona de la costa, el otoño entra suave, como un lento apagado de la estación cálida.

Hibba sacó una bolsa con rosquillas y tetrabriks de zumo.

—Como dijiste que luego ibas a ver al cura, he traído desayuno.

Nuala celebró la idea. Desayunaron y comentaron la salida del sol. Cómo las gaviotas volaban frenéticas por la playa, a la búsqueda de todo lo que el mar arroja de noche.

La bailarina estaba contenta, había encontrado un local donde poder dar clases de baile. El precio del alquiler era bueno. Tan solo esperaba terminar pronto los trámites en el ayuntamiento y empezar su negocio.

Le preguntó a Nuala por un nombre para una academia de baile.

—No sé, algo que tenga imaginación, que lleve una historia asociada —le contestó, buscando en su cabeza ideas que soportaran tal aseveración.

Al rato, y tras varias propuestas fallidas, se dirigieron a la ciudadela, donde cada una tomó su camino.

...

Aún no habían dado las doce. El templo estaba muy tranquilo. Cruzó el altar mayor y vio el pasillo que le conduciría al despacho del deán. Se paró un instante frente a la puerta. Respiró profundamente para recuperar el aliento. Tanta ansiedad le había hecho perder el aliento. Cuando se sintió calmada, llamó con dos firmes golpes de nudillo a la puerta.

—Pasa, pasa.

Abrió la puerta y se acercó donde el padre estaba sentado.

El despacho de don Venancio era mucho más tradicional que el del padre Juan. Para empezar, se encontraba en un lateral del templo, junto a la capilla de Santa Cecilia. Estaba decorado de modo muy clásico, con estandartes religiosos en las paredes, candelabros con bombillas a juego, de modo muy austero.

Había una oscura mesa de madera barnizada, con una silla de cuero, un flexo, un montón de papeles, octavillas y un pisapapeles de San Isidoro.

—Buenos días, Nuala —saludó—. Siéntate, por favor, siéntate.

El deán cumplía el estereotipo de sacerdote; muy serio y estirado, refunfuñón, maniático con el orden y las normas, pero buena persona y excelente oyente.

—Bueno... Como ya sabrás, te estaba esperando. Y me refiero a antes de concertar la cita. Sabía que vendrías por aquí. Tan solo era cuestión de tiempo que lo hicieras.

Nuala expresó su sorpresa, a lo que el padre sonrió.

—Imagino que tendrás muchas dudas. La primera noche que te vi, me asusté porque parecías poseída; con aquella mirada perdida, aquella ausencia de naturalidad. El resto de noches entendí que estabas sonámbula y me mantuve a distancia para que no sufrieras ningún *shock*. Solo estuve a punto de intervenir cuando el padre Juan se topó contigo. Temí que te despertara, pero la casa del Señor protege a su gente, y gracias a Dios no pasó nada.

—Entonces... —acertó a pronunciar Nuala mientras el párroco seguía hablando.

—Entonces, sí. Claro que he estado al tanto de todo. De esa noche y de todas las demás. Y antes de hablarte de ellas y ayudarte en lo que necesites, quiero contarte algo más.

»Yo fui monaguillo en este mismo lugar. La vocación me viene de chico, aunque siendo el menor de siete hermanos, era casi de tradición que me dedicara al clero, como antiguamente. Pero al margen de eso, sentí que esta iglesia y yo estábamos ligados por algo especial. Siempre he sentido fascinación por ella, y habiendo pasado tantos años, he de confesar que aún siento lo mismo. No puedo vivir lejos de aquí, ni quiero. Viajé a Sigüenza a ordenarme sacerdote y solo pensaba en volver aquí.

»Por aquel entonces, y desde mucho antes, don Jeremías era el deán de esta diócesis. Yo era un chiquillo cuando él ya estaba, y lo fue hasta que murió, en pleno santo oficio, ya siendo muy mayor. Era un hombre de muy pocas palabras, muy muy chapado a la antigua.

Por más que yo pueda parecértelo a ti, él era estricto hasta no poder más. Me hizo sufrir mucho en mi etapa inicial, me ponía a prueba día sí y día también.

»Pero una mañana de invierno, aún lo recuerdo porque toda la ciudad despertó envuelta en niebla... Como decía, una mañana, me cogió de la mano y me llevó a la cripta. Yo había sido ordenado sacerdote años atrás y me extrañó mucho su proceder.

»Entonces, allí abajo, en una capilla que está justo bajo el coro, me hizo una confesión. Además de ser deán, pertenecía a una orden religiosa secreta. Razón por la cual, yo nunca había oído de ella.

»La orden de las Sagradas Piedras. Desde hace cientos de años, custodian varias piedras que pertenecieron a una pila bautismal de la basílica de la Natividad de Belén. Los cruzados las trajeron en unos de sus primeros viajes.

»Sobre esta pila se bautizaban, allá por el siglo IV, los nuevos cristianos que se convertían de otras religiones. Constantino I, el emperador romano, antes de morir, pidió ser bautizado con el agua que contenía.

»Esta iglesia está levantada para proteger y albergar, en un lugar secreto, esas piedras benditas. Don Jeremías era el custodio de las sagradas piedras, habiendo hecho voto de dar su vida con tal de proteger tan preciado tesoro.

»Tras esta declaración, don Jeremías me dio un tiempo de prueba. Tras ello, me preparó para ser custodio de las sagradas piedras, de modo que asegurara el protectorado a su muerte. Al fallecer, unos clérigos de otros lugares vinieron, y tras jurar mis votos, me ordenaron custodio de las sagradas piedras.

»Por ello, mi vida está sellada a este templo. Y todo cuanto le ocurre a estos muros, me ocurre a mí.

»Te cuento esto para que entiendas no solo mi veneración por este lugar, sino mi recelo y poca confianza ante toda acción que pueda poner en peligro mi dedicación, mi obligación con esta iglesia.

Por otra parte, confío en ti y sé que guardarás el secreto. Y ahora, voy a contarte lo que pasó la primera noche que te vi.

Nuala estaba fascinada. Completamente hechizada, hipnotizada por la historia de don Venancio.

—Aquella noche —prosiguió el deán—, oí pasos en la sacristía. Me acerqué cauteloso, temiendo que fueran ladrones. Estabas frente a la cripta, junto a doña Ángela. Al principio no pude ver bien tu cara, pero por una vidriera, la luz de la luna iluminó tu rostro. Ya te he dicho que me asusté por si estabas endemoniada. Lo que te he contado atrae a muchos enemigos de Dios a buscar las piedras escondidas. Entonces, vi al padre Juan que os observaba y seguía desde las columnas. Doña Ángela te enseñó a abrir la puerta de la cripta, tal y como fue concebida, con el resorte escondido. Os fuisteis para dentro, y mis temores crecían con cada paso que dabais. Temía que vuestro objetivo fueran las piedras. Pero sabía que no ibais a robar. Doña Ángela, que Dios la tenga en gloria, fue la mujer más honrada que he conocido.

»Llegasteis hasta el panteón de don Octavio, bueno, de su familia. Allí, doña Ángela te enseñó la tumba que ocupaba su marido y el hueco que ella ya no ocupará por culpa de las leyes estúpidas. Luego os fuisteis por donde vinisteis. Tú, anotando en el bloc, y ella, siguiendo sombras que solo su cabeza veía.

»El resto de noches viniste sola. Y repetiste el mismo rito. Avanzabas en los pasadizos y chequeabas las lápidas. Luego te tumbabas en el suelo un rato y anotabas en tu cuaderno. Y así, cada vez que viniste.

»Hace ya mucho que no te veo. Espero que hayas encontrado lo que buscabas. Por mi parte, estoy tranquilo ahora que sabes lo que tenemos que proteger.

Nuala estaba callada. Asintió para confirmar que todo estaría seguro con ella. Tardó un instante en ordenar sus ideas, pero finalmente comenzó a hablar:

—Don Venancio, antes de nada, gracias. Gracias por su confianza, por su paciencia, por su cuidado. Le aseguro que nada de lo aquí hablado saldrá de mi boca. Tiene toda mi admiración y respeto, y le aseguro que no tengo intención de compartir lo que me ha contado con nadie. No obstante, he de decir que aún no sé qué es lo que buscaba. No recuerdo que doña Ángela me dijera nada allí dentro, y creo sinceramente que ya no me quedan más bazas.

»Yo solía sentarme con ella y me hablaba de su vida, de la gente de la ciudad, de su marido. Al principio le costó abrirse, pero posteriormente parecía sentir felicidad hablándome de todo ello. Un día me dijo que me tenía que contar un secreto, algo muy importante, pero que aún no era el momento. Ella decía que los muertos hablan en el viento y, desde que murió, me he obsesionado con el sonido de la brisa, del aire. He grabado y he escuchado de mil maneras, tratando de acceder a su mensaje.

—Dime, ¿de quién te habló de su familia? —preguntó el párroco.

—Pues de don Octavio, de los padres de ambos. De nadie más de la familia. Sí de las personas que les visitaban, de los vecinos de la ciudad, con sus envidias y problemas.

—¿De nadie más? —preguntó don Venancio.

—No. Nadie más —contestó Nuala.

Don Venancio estuvo un rato pensando con la cabeza baja. Meditando.

—Creo que tengo lo que buscas. Déjame que lo consulte en el diario de don Jeremías, pero creo que lo tengo. Esta semana, cuando lo mire, te llamo y te vienes para acá. Es posible que lo podamos resolver.

Nuala no salía de su asombro. Le dio mil veces las gracias. Estaba eufórica. Aún no sabía nada, pero daba saltos de alegría.

LA FIESTA DE HIBBA

Nuala se sorprendió al encontrar a doña Isabel en la fiesta. Días atrás, su nueva amiga Hibba le dijo que había conseguido el permiso de la casera para dar un pequeño cóctel en su habitación.

Las habitaciones de la pensión eran enormes, especialmente en comparación con el cuarto de Nuala. Había solo dos por planta, y al ser de otra época, gozaban de techos altos.

La bailarina quería dar una pequeña fiesta para sus amigos, los que ya iba teniendo en la ciudad, con la idea de presentar su proyecto de negocio. Aún no le habían dado el visto bueno en el ayuntamiento, pero confiaba en solucionarlo pronto.

Al entrar doña Isabel, saludó a Nuala con gran efusividad. Le dio un gran abrazo, y su cara reflejaba una alegría que nunca antes había visto en ella.

Fueron llegando los invitados. Todos se sorprendían del gran espacio que encontraban al atravesar la puerta.

La música sonaba de fondo. Era algo exótico que Nuala no terminaba de identificar, pero le agradaba.

Llegó también el padre Juan, que también saludó efusivamente. Había un buen revuelto de personas, desde curas a camareros, informáticos, azafatas, bailarines, dibujantes de cómic, etc.

La gente comenzó a hacer corrillos, a hablar entre ellos, a conocerse.

El ambiente era muy agradable, la música de fondo no obligaba a forzar la voz para hablar y doña Isabel andaba presta para rellenar la copa a todo aquel que la vaciaba.

Se respiraba mucha tranquilidad, relax. Siendo un día entre semana, era un oasis en el calendario de muchos de ellos.

En un momento determinado, Hibba cogió un micrófono y comenzó a hablar para todos:

—Hola, hola. Gracias por venir. Nos conocemos de hace poco, pero con muchos de vosotros ya he tenido ocasión de saber que estoy entre buena gente. El motivo de esta mini fiesta es anunciar que esta Navidad, para comenzar el año que entra, quiero montar mi escuela de danza.

Todos aplaudieron y festejaron el anuncio. Siguió con el discurso:

—Aún no tengo nombre ni local, pero ya he comunicado que a finales de año termino en el SlimStar. Voy a dedicarme a este proyecto. Siempre ha sido mi ilusión bailar y compartir esa pasión con los niños; me parece una opción increíble.

Comenzó entonces un carrusel de preguntas. Los asistentes le preguntaron desde el tipo de danza que iba a dar, a la edad de los niños. E incluso alguno le preguntó precios y días de clase.

Todo volvió a la situación anterior tras el discurso y la celebración con unas botellas de champán que Hibba había reservado para el momento. Volvió la música envolvente, el relax, los corros.

De repente, se oyó un estrépito. Doña Isabel había caído desfallecida, y la bandeja de bebidas se estampó contra el suelo.

Por suerte, había una enfermera en el grupo de invitados y se puso inmediatamente a tratar de reanimar a la casera. Llamaron a emergencias mientras la pobre mujer volvía lentamente en sí.

Estaba grogui, sin reconocer nada de lo que le rodeaba. Disolvieron el corro en torno a ella para no agobiarla, a petición de la enfermera, y le aplicaron hielo en las muñecas y nuca.

La ambulancia tardó más de lo esperado. Subió un doctor, que, tras un rápido chequeo, ordenó que la trasladaran al hospital con la máxima urgencia.

Se hizo el silencio. Por supuesto, la música había parado. Los de emergencias se marcharon con la camilla, y la fiesta quedó desolada.

La enfermera les contó lo que ella creía. La razón por la que se la habían llevado era porque una de las pupilas seguía dilatada tras haber sido reanimada. Dijo que el desfallecimiento se podría deber a mil causas, pero lo que era significativo era el dato de la pupila. Aseguró que cuando eso se produce, es porque existe un daño en el cerebro.

Quedaron cabizbajos. Nuala abrazó a Hibba, que comenzó a llorar. Lentamente los invitados fueron despidiéndose y marchando. Recogieron todo lo de la fiesta y, cuando terminaron, Nuala se fue al hospital.

Al llegar no le dieron buenas noticias. La casera estaba en coma inducido, en observación. No había diagnóstico ni ninguna otra información. Además, ella no era familia ni estaba relacionada con la paciente, por lo que poco más le contarían.

La noche se hizo muy larga. Ni la brisa ni las sombras de las cortinas sobre el techo de cañizo eran consuelo para ella.

Había cogido cariño a esa señora. Había entendido su soledad. Ahora lamentaba no haber podido charlar más con ella.

OCTAVIO Y JEREMÍAS

Don Venancio traía una cartera de piel, un maletín más bien. De cuero marrón y ennegrecida por los años. Llegó a la cafetería con su andar cansado, quejándose del calor a las alturas del año en que andaban.

—Nos hemos cargado el planeta —dijo a modo de hola y señalando al cielo.

Se sentó frente a Nuala en la pequeña mesa de la terraza. Al menos, la brisa del mar evitaría su protesta durante un rato. Pidió un carajillo y otra horchata para la escritora. Se soltó un poco la camisa. Se remangó y comenzó a olisquear la taza que acababan de servirle.

—Pues bien, no voy a hacerte esperar más. He buscado en el viejo diario de don Jeremías y ya tengo la respuesta a tus intrigas. Pero antes de revelarlo, voy a contarte algo de la historia de este lugar, o de sus gentes, que, aunque es lo mismo, no es igual.

»Don Octavio y don Jeremías eran primos hermanos. Nacieron el mismo día y en la misma habitación. De pequeños eran inseparables. No iban a ningún lugar sin el otro. En la ciudad, entonces más pueblo incluso que ahora, se les conocía como los marquesitos simétricos. Vestían iguales, pero uno era zurdo y el otro no, de ahí lo de la simetría. Agrios y avinagrados chismes de pueblo.

»Ambos eran miembros de la familia aristócrata de la región. Eran la *crème de la crème.* Accedieron a los mejores colegios, a todo aquello que su posición podía pagarles.

»Al llegar a la juventud, tanto uno como otro tuvieron ocasión de desposarse, pero por diversos motivos nada cuajó. El tiempo pasaba y sus padres veían como a sus dos vástagos se le pasaba el arroz, dicho de modo fino. Dicen que fruto de un desamor, don Jeremías se refugió en la Iglesia para aguar sus penas. Una vez allí, acabó jurando votos y se convirtió en el deán. Y mucho más, como ya bien sabes.

»A su vez, don Octavio se fue al extranjero, donde se formó en Letras e Historia. A su vuelta, de un día para otro, resultó casado con doña Ángela, una mujer ya algo mayor, pero de gran conveniencia para la familia. Pronto, ella quedó encinta. Apenas salía de sus propiedades. Debido a su edad, o Dios sabe a qué, el parto fue una escabechina. No recuerdo si el bebé venía muerto o simplemente no sobrevivió a un parto con fórceps que duró más de dos días. El caso es que el doctor tuvo que operar a doña Ángela para que no muriera, quedando estéril como consecuencia de una mala praxis.

»La pareja no tuvo, por tanto, descendencia, y poco a poco la llama se fue apagando. La tristeza se apoderó de la relación, de la casa, de la fortuna y hasta de la salud de don Octavio. Falleció años después sin causa conocida, una mañana muy fría en abril. Todavía recuerdo el entierro en la cripta y lo complejo que resultó mantener al séquito de vecinos al margen del panteón.

»Nunca nadie habló del suceso, del parto y muerte del neonato, me refiero. En aquella época, y como tradición más o menos extendida, los neonatos, al no estar bautizados, no podían ser enterrados en campo santo. En principio, don Octavio compró una sepultura en el cementerio municipal, pero debido a lo que he contado, esta quedó vacía hasta la muerte de doña Ángela.

»Siendo Jeremías tan cercano a don Octavio, y con el mayor de los sigilos, se las apañaron para introducir un pequeño féretro con los restos del neonato en el panteón familiar.

»Doña Ángela nunca superó la pérdida. En una ocasión, me dijo que contaba las horas para morirse y reunirse con su bebé. Lo suyo fue una agonía extendida hasta el día de su muerte. Además, las circunstancias la condenaron a una vida dura y desagradecida. Estoy convencido de que doña Ángela quiso enseñarte los restos del bebé. Era lista y sabía que no le quedaba mucho. Seguro que quería pedirte que la enterraran junto a su bebé. Por desgracia, eso ya no será posible. Ella está en campo santo, en el cementerio, lejos de su marido y de su hijo».

Cuando terminó, Nuala estaba completamente desencajada. Llorando a moco tendido por la historia tan triste que acababa de escuchar. Aunque no recordaba a la anciana diciéndole nada de lo contado, sentía de modo inequívoco que eso era lo que andaba buscando.

Eso justificaba sus búsquedas en los pasadizos, la lectura de las lápidas de las tumbas, la selección de las iniciales de los apellidos de don Octavio Calasparra y doña Ángela Dueñas. C y D, como en el diario.

Ahora sabía que buscaba la tumba de un bebé, que estaría escondido en algún lugar de la cripta, quizás cerca del panteón, quizás no.

Le preguntó a don Venancio si sería posible buscar los restos del bebé, ahora que sabían qué buscar.

Quedó pensando la respuesta unos instantes:

—Nuala, no tengo inconveniente en que, junto al padre Juan, bajemos a la cripta una vez más a buscar ese féretro. Pero antes de organizar la faena, dime: ¿qué haremos con los restos si los encontramos? Doña Ángela hace días que está enterrada en el cementerio y no podremos mover los restos allí. Obviamente, traer su cuerpo al panteón está descartado.

Nuala miró al suelo negando con la cabeza.

—No lo sé, padre, de veras que no lo sé.

Un búho pescador

Desde primera hora de la mañana, Nuala luchaba con los funcionarios del registro del ayuntamiento buscando cualquier pariente de doña Isabel. No apareció ninguno. Solo había registros en los libros para confirmar sus padres, pero nada más.

Al salir del registro, la ujier que andaba de un lado para otro se le acercó y le dijo:

—¿Anda buscando familia de doña Isabel, la de La Doble Luna? Que yo sepa nunca se casó, pero tuvo una relación con un pescador. Creo recordar que se llamaba Andrés. Sí, sí. Andrés el Búho. Si vas al viejo puerto, puede que le encuentres en las antiguas barracas de pescadores, donde se sientan a tejer las redes. Ya estará jubilado, pero creo que es la única persona relacionada con doña Isabel que yo recuerdo. Y llevo más de cuarenta años en este lugar...

—Muchas gracias —respondió Nuala.

Salió del edificio consistorial camino del muelle antiguo, ahora en desuso, pero otrora centro de la actividad pesquera de la comarca.

La ciudad ya estaba lista para el invierno. Como población costera, los veraneantes se habían marchado y en cierto modo parecía desierta.

La zona de la costa tenía muchos establecimientos cerrados. No era así en el núcleo, la zona interior y más antigua. El trazado árabe de la ciudadela y el encalado de las casas reforzaban la sensación de conjunto armónico, a pesar de lo irregular de sus calles y construcciones. Puro contraste con la zona veraniega, llena de avenidas y altos bloques de apartamentos, alineados perfectamente en un diseño geométrico y planeado.

A Nuala le fascinaba el casco antiguo. Conservaba un espíritu, una personalidad, que la zona nueva no tenía.

Entrar al viejo muelle era como visitar un plató de cine. Grandes redes colgaban por doquier. Era el punto de reunión de los pescadores ya jubilados.

Unos remendaban redes; otros hacían corrillos para comentar las últimas noticias del sector, pero la mayoría estaban sentados en un muro, dejando que el sol les endulzara la realidad de estar ya en el dique seco.

No le costó mucho localizar a Andrés el Búho. Le indicaron que lo encontraría al final de la lonja. Hombre enjuto, de piel muy oscura, la cara completamente arrugada y curtida por el mar. Al contrario que sus colegas, no fumaba. Tan solo estaba sentado sobre una bovina de maromas. Centrado en un sucio tablero de ajedrez con piedras redondas en lugar de piezas. Cuando Nuala le llamó, levantó la mirada e hizo un gesto.

Invitó a Nuala a sentarse a su lado. Escuchó las noticias de doña Isabel y, con un giro de cuello y un chasquido de lengua, expresó su descontento.

—Mira, no quiero parecer insensible. Ni un monstruo de persona, pero lamento decirte que no puedo hacer mucho. Y no por nada, sino porque no creo que a ella le haga ilusión abrir los ojos y verme a su lado. Nunca llegamos a tener una relación seria, no pasamos del tonteo de dos personas que necesitaban compañía y la vida les ofreció una oportunidad para ello. Igual que vino, se fue. Un buen día, Isabel no quiso saber más de un rudo pescador que nada tenía que ofrecer. Me volví a la mar, que es la única que siempre te acoge. Sin preguntas. Sin condiciones.

»Me temo que nada puedo hacer. Acude a servicios sociales; seguro que en algo pueden ayudarte.

Nuala bajó la cabeza y asintió con la cabeza. Andrés tampoco tenía entidad legal de cara a las autoridades del hospital. Ni era familiar ni tenía ya una relación con ella. Se quedó callada mirando a su alrededor. El olor a salitre le resecaba la nariz.

—Venga, te invito a un chupito —dijo el viejo pescador.

Llegaron a una especie de cantina, en la parte más alta del muelle abandonado. Estaba hecha de madera, como un quiosco de playa. Una barra circular y un puñado de toscas mesas con sillas de mimbre. Las paredes cubiertas de elementos de pescador: redes, estrellas de mar, boyas pequeñas, algún cangrejo reseco...

El techo estaba plagado de miles de llaveros. El dueño los coleccionaba. Separados por apenas un dedo, colgaban del techo en exposición. Muchos eran regalos de clientes. Había una variedad increíble.

—Yo no soy una persona negativa. Callado sí, pero negativo no. Quizás algo asocial, pero como todo pescador. Me gusta la soledad.

»Por favor, no malentiendas mi actitud ante lo de Isabel. A lo largo de mi vida he tenido varias relaciones y todas acabaron en algún momento. Pero no guardo mala experiencia de ellas, sino todo lo contrario, una eterna gratitud. Cada una de esas mujeres me dio un poquito de su ser, un período de su vida, con lo que he ido construyendo la mía propia. De todas ellas guardo un increíble recuerdo, a pesar de que ninguna está ya a mi lado. De todo aprendí, todo forjó lo que soy ahora.

»Poco a poco regresé a la mar. A pensar, a curar mis pensamientos. Llegaron las canas. La mar sala tus huesos y te escama la cara. Trajo la vejez.

»Luego llegó Isabel. Mi vida giraba en torno a mis hijas, como ahora, pero a la distancia a la que la adolescencia sitúa a los progenitores. Ni muy cerca, para no entorpecer su maduración, ni muy lejos, para poder ser su ayuda.

»Isabel regentaba la vieja pensión, y creo que estaba muy sola. Un día nos conocimos en el chiringuito de la playa. Me invitó a conocer su establecimiento. Entablamos una amistad que pronto se enredó, y pasamos a secar nuestras lagunas de soledad juntos.

»Es más fácil navegar cuando hay dos a bordo. Pero como en otras ocasiones, sus intereses y los míos tomaron caminos divergentes. Ahí acabó la historia. A diferencia de las otras mujeres, de la etapa de Isabel no guardo nada más que la sensación de haber sido utilizado. Y me da vergüenza reconocerlo. A mi edad, no es propio. Y tapé mis penas en el mar.

»Por eso, no quiero volver a tener nada que ver con ella. Seguro que tiene buen corazón y probablemente es buena persona. Pero en lo referente a mí, nuestra etapa ya pasó. No quiero pasar por ahí.

»Le deseo una pronta recuperación, que se mejore rápido y que sea feliz. Lo siento, no tengo más que decir al respecto.

A estas alturas, ya sabía Nuala que no le quedaría más remedio que lidiar con el hospital para conseguir estar cerca de doña Isabel.

Volvió a atravesar la zona moderna y se adentró en las sinuosas callejuelas del casco antiguo. Comenzó a subir la cuesta hasta La Doble Luna.

Se acordó de la casera al pasar por su puerta, antes de empezar a subir las escaleras.

Cuando llego al segundo piso, la puerta de Hibba se abrió y su amiga salió corriendo a su encuentro. La abrazó. La abrazó muy fuerte.

—Ha muerto. Nuala, doña Isabel ha muerto. —Apenas pudo escuchar entre gemidos y llantos—. Vinieron del hospital cuando no estabas a comunicar la noticia. ¿Qué vamos a hacer ahora?

Un campo de naranjos

Doña Isabel no fue enterrada, sino que la quemaron, tal y como ella había convenido. Un vecino de toda la vida ofreció un campo de naranjos que tenía para que, de modo extraoficial, las cenizas fueran esparcidas sobre la tierra. Al parecer, esa era su última voluntad.

Fue una ceremonia muy sencilla. Apenas cuatro palabras de agradecimiento y un par de oraciones. Don Venancio ensalzó el papel de la difunta y la generosidad que durante toda su vida mostró.

Nuala fue al ayuntamiento a preguntar qué debía hacer. Le indicaron que siguiera en la pensión hasta que el testamento de doña Isabel fuera corroborado. Entonces, en función de lo que hubiera, ya le comunicarían cómo proceder. Mientras tanto, ella y su amiga se las apañarían para mantener en buenas condiciones el establecimiento. Pero sin aceptar nuevos huéspedes, le recalcaron.

Hibba no estaba tampoco muy contenta. El local que había apalabrado para su negocio dejó de estar disponible. El dueño se cansó de esperar los permisos que nunca llegaron y se lo alquiló a otra persona.

Habían pasado varios días y el invierno abrazaba ya la azotea donde Nuala vivía.

El fuerte viento ya no le inquietaba. No volvió a grabarlo. Ya sabía lo que doña Ángela quería decirle. Quizás se lo habría confesado en algún susurro mientras ella estaba en estado de noctambulismo. Eso ya daba igual.

El futuro le era incierto, no sabía dónde iba a vivir cuando el ayuntamiento se hiciera cargo de La Doble Luna. «Quizás pueda llegar a un acuerdo con los nuevos propietarios».

Pensó en doña Ángela. En la angustia de no poder ser madre y llevar a cuestas la desgracia de la pérdida sufrida. En la fuerza del sentimiento de ser madre. En lo que debía encenderse dentro de una mujer para que esa chispa naciera. En los cambios que provocaban en el carácter, en el comportamiento. No lo personalizó, pues aún se sentía lejos de ese momento.

El más fuerte y poderoso de todos los sentimientos: el amor de madre, escribió en su diario.

La carta eterna

El deán don Venancio y el padre don Juan estaban hablando de fútbol cuando Nuala llegó al despacho del primero. La puerta estaba abierta y se les oía casi desde el altar principal.

Tocó en el marco y dio los buenos días. Ambos párrocos se giraron y saludaron alegremente.

Comentaron, sin querer profundizar demasiado, todo lo referente a los últimos días, a la ausencia de cuando alguien nos deja. Sobre lo caprichoso e impredecible que resultaba el futuro.

Se dirigieron hacia la cripta. Su intención era buscar los restos del hijo de doña Ángela y don Octavio, aunque no tenían claro qué hacer cuando lo encontraran.

Cuando atravesaban los arcos del pasillo lateral, Nuala se percató de que don Juan llevaba un sello idéntico al del don Venancio. Le entró una gran alegría, intuyendo que la orden de las Sagradas Piedras ya tenía quien velara por ella cuando don Venancio se retirara. El viejo deán se dio cuenta de ello y le lanzó un guiño de complicidad.

Entraron sin llave, como ya era habitual. Se dirigieron de cabeza al panteón de don Octavio.

Volvió a sentir que estaba en un lugar mágico. Aquella estancia era como un paréntesis en lo lúgubre y asfixiante del resto de los laberintos.

Encendieron las potentes linternas de Nuala y las que ellos llevaban. Comenzaron por el nicho de don Octavio, donde la lápida impedía mirar más adentro. El lugar lógico donde buscar era el nicho vacío reservado para su viuda. Rompieron la delgada tapa de escayola que lo cubría e iluminaron en su interior. Nada. No había nada. Ni pequeño féretro ni urna con cenizas. Nada de nada. Se miraron sorprendidos. Preguntándose dónde buscar.

Don Venancio comenzó a buscar en los nichos anexos, los de la familia del noble. Miró en los vacíos y en los ocupados, ya que el tiempo había desprecintado la mayoría de ellos.

Por otra parte, el padre Juan buscó en todos los nichos que había cerca del panteón. Al igual que su superior, rebuscó en cada hueco que pudo.

Mientras tanto, Nuala se fijó en los adornos de la cúpula de la estancia. Obviamente, era muy baja y podía alcanzar con la mano la mayoría de los elementos decorativos.

Comenzó a buscar aquellos que pudieran tener menos polvo que los demás, esperando encontrar un resorte que diera paso a un espacio secreto.

Lentamente, los párrocos se fueron alejando, ampliando su búsqueda, cada uno en una dirección diferente.

Nuala se quedó sola. Jugó con las luces, moviéndolas de un lado para otro, buscando que alguna sombra le revelara una palanca o botón escondido. Nada.

Probó a pasar la mano por la tumba de don Octavio, por las de al lado. Por todos los adornos que lo cubrían. Por el techo. Por las columnas. Probó con las losetas del suelo. Pisando las pares, las impares. Palpó las juntas de los adoquines, de las piedras. Nada.

Comenzó a golpear cada elemento arquitectónico con el mango de la linterna. A ver si alguno sonaba a hueco. Golpeó las jambas, los capiteles, las bases. Nada.

Llegaron don Venancio y don Juan de sus exploraciones. Nada.

Ya no sabían dónde buscar. Nuala sentía que estaban cerca. Apagó las linternas y dejó que la oscuridad le ayudara a concentrarse. Don Venancio propuso rezar a San Cucufato, que no fallaba.

Los tres quedaron en silencio, sentados, pensativos. Al quedarse parados era como si los ruidos dentro de la cripta se despertaran. Comenzaron a escuchar crujidos de piedra, gotas que caían en las galerías, ecos provenientes de la calle...

Nuala se incorporó y apoyó la cara junto a la lápida de don Octavio. El frescor del mármol era una agradable sensación para su piel.

De repente, una ligera brisa rozó su cabeza. El pelo se le levantó y giró la cabeza. El zumbido del viento le dio en plena cara. ¡Buuuuuufffff! ¡Podía sentirlo, oírlo! Si había una corriente de aire era porque entraba por algún agujero. ¡Justo lo que andaba buscando!

Esperó un poco antes de decir nada. Dejó que se repitiera un par de veces. Entonces exclamó:

—¡Ya lo tengo! Doña Ángela me lo ha indicado. Tal y como me anunció. ¡Ha sido el viento quien me ha llevado a su secreto!

Don Juan se levantó y encendió una linterna apuntando a donde Nuala señalaba. Efectivamente, un agujero en una losa de piedra. Metió un dedo y tiró de él. Se oyó un sonido, como algo que se desbloqueaba. Entonces, uno de los cuadrados que adornaban el nicho de don Octavio se abrió.

Dentro, encontraron una pequeña urna con cenizas. Junto a ella, una emotiva carta de despedida firmada por doña Ángela. Era un llanto escrito, una declaración de amor eterno en un intento de mitigar su dolor infinito.

Nadie de los presentes pudo evitar las lágrimas. Los tres lloraron abrazados en el panteón, como si doña Ángela no hubiera ya llorado suficiente.

De vuelta al despacho de don Venancio, acordaron custodiar los restos hasta saber qué hacer con ellos. Estaban junto a su padre, y llevarlos con su madre no sería tarea fácil.

Nuala volvió a su buhardilla con el pensamiento en la grandeza de ese sentimiento. El lazo entre madre e hijos.

Estaba cansada, triste y feliz. Todo a la vez. Sentía que casi había cerrado una etapa, pero aún quedaban unos flecos.

Una vez en la cama, apoyó la mano en la pared y sonrió pensando en la vieja guardesa, sintiéndose cómplice de un secreto que le llenaba de felicidad.

Por fin, durmió tranquila.

Uniformado mensaje

Era casi mediodía. Nuala dormía cuando sonó la puerta. Se despertó de golpe. Un respingo. Saltó de la cama y se acercó a la puerta.

—¿Quién llama? —preguntó.

—Buenas tardes. Vengo del ayuntamiento —respondieron.

Nuala abrió la puerta. Con los ojos aún pegados por el sueño y algo deslumbrados.

Un uniformado empleado del ayuntamiento miraba asombrado el ático todo desordenado. Abrió los ojos, asombrado por la cantidad de luz que entraba.

—Hola, ¿Nuala Solas? Le traigo una citación. Un requerimiento. No se preocupe, no es ninguna multa ni nada parecido. Su nombre figura en el testamento de últimas voluntades de doña Isabel. Según marca la ley, le notificamos la hora y lugar donde tendrá lugar la lectura del mismo. En él encontrará los datos del levantamiento por parte del señor notario. Será en la oficina del ayuntamiento, el lunes que viene, a las 12 de la mañana. Asista con su DNI y cualquier asesor legal que usted considere. Ahora, por favor, firme el recibo de entrega.

Cogió el resguardo y lo firmo. El funcionario le entregó un sobre donde estaba la citación y otros datos registrales.

«¿En el testamento de doña Isabel? Qué extraño». Dejó el sobre en la mesa y buscó algo que comer. El frigo estaba vacío y todo desordenado.

Hasta el día anterior, todo había sido una procesión de malas noticias. La muerte de doña Isabel, doña Ángela. Menos mal que el hallazgo en la cripta le había devuelto la felicidad. Ahora debía transformarla en orden y aplicarlo a la buhardilla, donde el desánimo que había estado sintiendo se había traducido en dejadez.

Todo estaba manga por hombro, revuelto. Había polvo en los pocos muebles que tenía. El suelo acumulaba varias semanas sin limpiar.

Era hora de ponerse las pilas; limpiar y devolver la paz a la estancia.

Al terminar, bajó a casa de Hibba. Quería contarle la aventura de la cripta, pero no podía hacerlo para no poner en peligro la idea que tenía en la cabeza. En todo caso, podría compartir con ella lo de la citación del notario. ¡Era más que suficiente!

La bailarina estaba en horas bajas. No haber podido alquilar el local le impedía llevar a cabo su sueño. Había buscado otras opciones, pero nada cuadraba. O mucho dinero o poco espacio.

Se sentaron a merendar, y Nuala le relató lo del testamento de doña Isabel. Le contó el episodio del funcionario y le enseñó la citación.

—¡Estás de suerte! —exclamó—. Como diría tu amiga Malva, el karma te devuelve lo que haces. Eres una persona afortunada. El domingo viene a visitarme Cris. Es una amiga mía de Granada, bueno, de *Graná*, como a ella le gusta decir. Es abogada. Ella podrá acompañarte al notario y ayudarte con los temas legales.

Nuala sonrió agradecida. Ahora parecía que todo se alineaba a su favor. Era una sensación agradable. Empezaba a sentir paz.

Pasaron la tarde oyendo música y descansando. Cuando anocheció, subió a su cuarto.

Ver todo ordenado, sentir que su vida se iba serenando, le daba tranquilidad.

Abrió de par en par todas las cortinas y se quedó mirando en todas las direcciones. Quería agradecer al mar, al viento, al cielo, todo lo que estaba viviendo. Todo lo que sentía.

MI DOBLE LUNA

Llegaron pronto al notario. Se levantaron temprano para vestirse formales, tal y como Cris había recomendado. Pasaron el fin de semana juntas las tres, recorriendo la ciudadela, la playa y, por supuesto, la catedral.

Nuala no pudo evitar un nudo en el estómago al recorrer las galerías y pasar junto a la cripta. El secreto que no podía contar le hacía sentirse feliz, y miró con ojos tiernos la entrada a los pasadizos.

En el notario, todo era formalismo puro. Desde el protocolo de identificación a la secuencia de cómo todo transcurría.

Una vez dentro de un pequeño salón, el notario comprobó que todo el mundo requerido estaba presente. Solo en ese momento, y poniendo una voz seria y pretenciosa, comenzó a hablar:

—Buenos días a todos. Gracias a los asistentes requeridos por estar presentes. A continuación, procederé a la lectura del testamento de doña Isabel Moya, fallecida de muerte natural hace unos días.

»Quiero, antes de nada, recalcar el profundo respeto que debemos sentir en estos momentos. No se trata de hacer un reparto de los bienes de una persona que ha muerto, sino de honrar y acatar su última voluntad, lo que ella quiso que ocurriera tras su deceso. Por favor, tengan esto en mente cuando lea el testamento.

»Y ahora, en función de los poderes que la ley me otorga, procedo a la lectura del reparto de bienes, tal y como la fallecida dejó expreso:

El dinero en entidades bancarias citadas en el anexo deberá ser entregado a la asociación para la defensa de los animales de la ciudad. El montante a fecha del fallecimiento era de cuatro mil seiscientos treinta y tres euros con dos céntimos de euro.

El dinero que hay en el jarrón del salón será entregado a don Venancio para la conservación de la iglesia.

El montante a fecha del fallecimiento era de mil trescientos euros.

La pensión y el terreno adyacente se lo dejo a Nuala Solas, mi huésped más amable y sincera, con la condición de que mantenga el edificio, aunque no el negocio, así como el nombre del establecimiento en la fachada de entrada. También pongo como condición que cuide de mis gatos hasta que tengan a bien venirse conmigo. Sobre el terreno adyacente, que haga con él lo que considere oportuno.

El valor del inmueble y del terreno en el momento del fallecimiento, era de...

Nuala no escuchó nada más. Su cabeza acorchó el sonido exterior. Tan solo sentía un gran agujero por la pérdida de la casera.

Fue ajena al resto de la ceremonia. Parecía un zombi. Tan solo volvió a la realidad cuando, a petición de Cris, firmó los papeles que el notario requería.

Salieron del edificio. A pesar de las felicitaciones, Nuala solo pensaba de qué manera podría honrar a aquella persona que se había portado de modo tan generoso con ella.

Junto a los bienes, doña Isabel dejó una carta para ella. La carta, escrita de puño y letra, restaba importancia al hecho de haberle dado todas las propiedades. *Mejor a ti que a Hacienda*, bromeaba el texto. Le daba las gracias por haber sido atenta con ella y le deseaba suerte en el futuro.

Nuala dobló la carta con cuidado. La guardó en su cuaderno.

Hibba y Cris la acompañaron a casa.

El sentimiento en el aire era una extraña mezcla de alegría y añoranza.

Ahora, necesitaba tiempo para ordenar su cabeza. Tiempo para asimilar todo lo que había pasado. Para planificar la manera de homenajear a doña Isabel.

EL LEGADO MEDITADO

El acorchamiento desde el día del notario fue desapareciendo poco a poco. Necesitó de varios días para volver a la normalidad.

Pensó mucho, hizo muchos cálculos, muchas opciones para dar salida a todo lo que quería hacer.

Meditó días completos. Apenas salió del cuarto. Tan solo a comprar al supermercado y a tomar café con Hibba.

Estuvo ordenando todo lo que tenía grabado, escrito, pintado. Todo lo que estaba en el cuarto, en su cabeza. Pidió a Cris que se ocupara de los aspectos legales de todo el traspaso. Ya pensaría cómo abonarle sus servicios.

Volvió a los ritos de Irlanda, de los bosques celtas. Sentada en medio de su atalaya, con un vaso de *whiskey* caliente y limón. De este modo pensaba más claro, a dos niveles, como ella decía.

Le gustaba que el *whiskey* irlandés fuera *whiskey* y no *whisky*. Era un pequeño detalle que le recordaba el poder de la mitología celta. El secreto de la unión con la tierra, con los ritos ancestrales.

Tardó en dar con la solución final, pero llegó a ella. Estaba segura de que era lo más justo, lo más adecuado para la memoria de doña Isabel, para preservar el nombre de La Doble Luna y para devolver todo aquello que muchas personas le habían aportado en los últimos meses.

Organizó una cena a la que invitó a Hibba, a Cris, a Malva, al padre don Juan y al deán don Venancio.

Para el menú, prepararía un salmón al estilo que aprendió en Trim, en el condado de Meath, junto al río sagrado para los celtas, el Boyne. La receta, aprendida en inolvidables cenas con sus amigos, estaba grabada en su memoria:

«Se coge el salmón entero y se limpia, quitándole toda escama. Se usa una bandeja para horno con papel de cocinar. El pescado se pone encima, con la parte abierta apoyada, como si aún estuviera nadando. Se echa un chorrito de aceite y limón. Se programa el horno a 180 grados y se mete el salmón. A los quince minutos, se abre el horno y con un cuchillo se le quita la piel, que saldrá fácil debido al calor recibido. La piel se coloca por la bandeja, sobre el papel de hornear, procurando que quede lo más extendido posible.

Cuando el salmón esté sonrosado y su carne bien cocinada, se saca y se sirve aún bien caliente. Se acompaña el plato con chirivías (*parsnip*), brócoli, patatas cocidas y coliflor. Normalmente, se ponen unas judías verdes o arroz como guarnición principal. ¡La piel crujiente es la guinda del plato!».

Los invitados llegaron puntuales a la cita. Había subido, del antiguo comedor de la pensión, una mesa y sillas para todos.

Los dos párrocos se maravillaron de las vistas de su azotea. «Lo más cercano a Dios de esta ciudad», bromeó uno de ellos.

Hibba seleccionó música de fondo. Apagaron las luces. Cenaron con mil y una velas que estaban repartidas por toda la estancia.

El ambiente era muy especial, con continuas referencias a la casera en la cena, donde don Venancio contó algunas anécdotas relacionadas con la pensión. Se rieron mucho. En especial con el relato de la invasión *hippy* del establecimiento, a mediados del siglo pasado. Contó que tuvo que ir don Jeremías, con dos velas grandes y unos cuantos monaguillos a convencer a los okupas de que salieran de la pensión. ¡Como si fueran endemoniados! —Reía a mandíbula abierta mientras lo contaba.

También recordaron una ocasión en la que un cantante famoso, Van Morrison, se alojó en la pensión. Doña Isabel le regañó porque se puso a tocar en la habitación. Luego quiso invitarle a comer una vez le contaron quién era.

La cena transcurrió perfecta. Y de postre, filloas con queimada.

Aunque nadie dijo nada, todos sabían por qué Nuala les había invitado a cenar. Todos intuían que daría a conocer su decisión acerca de la pensión.

—Bien —carraspeó—. Como imagináis, he de contaros algo. Aunque no necesitamos de ninguna razón para juntarnos, la velada ha sido maravillosa. Pero volviendo al tema, he estado pensando mucho sobre qué hacer con el legado de doña Isabel. Voy a exponeros mis intenciones y os pido por favor que no me interrumpáis hasta que no termine de hablar.

»En primer lugar, he respetado íntegramente sus deseos y condiciones. ¡Los gatos están más cuidados que nunca! —bromeó.

»No voy a mantener el negocio, como ella misma sugirió. Creo que es una oferta que ya no tiene público, dada la competencia en la playa y lo anticuado de las instalaciones.

»La primera planta, donde hasta ahora estaba el comedor, recepción y la casa de doña Isabel, voy a remodelarlo para, aprovechando su amplitud, poner una academia de baile. Eso es para ti, Hibba, te la mereces. Como condición, pongo que debe llamarse La Doble Luna. De este modo, perpetuo el nombre y el cartel, como ella quería. Además, cumple con lo que hablamos del nombre, tiene una historia detrás.

»El primer piso lo voy a convertir en un nicho de empresas para la gente emprendedora de aquí. Hablaré con la comunidad y el ministerio a ver si podemos tener ayuda. Yo pondré el local y las instalaciones asociadas. En este nicho habrá un despacho para el negocio de Cris, si quiere probar a montar negocio en esta ciudad.

»En la segunda planta no cambiaré nada, seguirá siendo la casa de Hibba y, si Cris lo considera, podrá ocupar la otra vivienda que hay libre.

En la tercera planta, como aún no tengo nada decidido, meteremos todos los trastos de doña Isabel hasta que sepamos qué hacer con ellos. Además, nos vendrá bien algo de espacio como almacén.

»Arriba seguirá estando mi casa, no quiero cambio alguno en eso. Si acaso alguna pequeña reforma para hacerlo más confortable en días de lluvia.

»Respecto al terreno adyacente, lo voy a vender. De hecho, ya tengo comprador. De este modo, obtengo el dinero necesario para todas las reformas que os he contado, además de quitarme un enemigo de encima. El vecino que la acosaba para que vendiera. Ya peleó bastante con doña Isabel, ya no tiene sentido.

»Evidentemente, de esa venta sobrará un montante con el que quiero, con el permiso del ayuntamiento y de la iglesia, levantar un panteón en el cementerio municipal para don Octavio y doña Ángela, para que reposen juntos tal y como era su deseo.

»Este es, a grandes rasgos, mi plan. Gracias por no interrumpirme.

Nadie en la mesa abrió la boca. Todos la miraban con los ojos empapados sin poder articular palabra. El silencio no era incómodo, no era vacío, sino la consecuencia del tiempo que cada uno tardó en asimilar la jugada de Nuala.

Hibba fue la primera en romper el trance. Se levantó y abrazó a su amiga. Cris y Malva vinieron detrás, haciendo aquello de las capas de la cebolla.

Lentamente, el silencio dejó paso a los sollozos, besos y abrazos efusivos.

Don Venancio y don Juan permanecían en la mesa, con los ojos emocionados, asintiendo con la cabeza.

Cuando se calmaron, volvieron a sentarse y brindaron por la feliz resolución.

—Espero, padres —se refirió a los párrocos—, que la Iglesia apruebe lo que les acabo de proponer.

—Por supuesto —dijo don Venancio—, no te preocupes. Seguro que Dios proveerá lo necesario para llevar a cabo tu buena acción.

—Entonces, uno de estos días me paso por la catedral y terminamos los detalles —contestó Nuala mientras les guiñaba un ojo.

Una vez más, el espíritu del salmón del río Boyne había traído la sabiduría al obrar de los hombres.

UN PANTEÓN AL SOL

El ayuntamiento no planteó ningún impedimento al plan de Nuala. Siempre que todo se hiciera de acuerdo con las ordenanzas municipales.

Puesto que doña Ángela y don Octavio no tenían representante legal que autorizara el traslado de sus restos, fue necesario un pleno municipal para aprobarlo. Todos los grupos votaron a favor.

Nuala vendió el terreno en unos días, tal y como tenía apalabrado. Comenzaron las obras, licencias previas, en el local. Poco a poco su idea fue tomando forma.

Desde la comunidad subvencionaron el proyecto de nicho de empresas. Tanto la academia de baile como el despacho de abogados estaban funcionando antes de lo que creían.

La fachada completa fue restaurada, reforzando el cartel y dotando al barrio de un local social que hasta ahora no tenía.

El edificio cobró vida. Se llenó de alegría, música y niños.

Tanto en la planta baja como en el nicho de empresas, Nuala puso una placa recordando la donación de doña Isabel. Para que nadie olvidara aquel generoso gesto.

Compró un terreno en el cementerio y, con la ayuda de un arquitecto, trató de reproducir una versión del panteón de la cripta, pero esta vez en el exterior.

Este paso fue el más lento. Se alargó unos meses, entre diseños, licencias, etc.

Con la llegada de la primavera, mucha gente acudió al traslado de los restos al nuevo panteón. Don Venancio ofició una emotiva misa en recuerdo de don Octavio y doña Ángela, recordando igualmente a la casera.

Con todo el ajetreo del traslado, con la pompa del acto y la cantidad de curiosos en la ceremonia, nadie se percató de un pequeño paquete que el padre Juan introdujo discretamente en el nicho de la guardesa.

Una vez que el matrimonio e hijo estuvieron juntos de nuevo, hicieron una ofrenda de flores y esparcieron agua bendita en el lugar.

Por su parte, Malva también danzó para ellos y se trajo a su prima, la saltarina, identificada tras contarle Nuala su sueño.

La ciudadela volvió a la normalidad, la cripta estaba más segura que nunca y La Doble Luna funcionaba a pleno rendimiento.

Aquel día, Nuala y el secreto de Simón, que así se iba a llamar el bebé de doña Ángela, cerraron una etapa.

EL SOL VUELVE AL MAR

Nuala observaba el atardecer en el mar. «Tan bonito como el amanecer, pero se va lleno de vivencias», pensó casi en alto.

El ocaso es también majestuoso. Solo el sol sabe cerrar etapa con tanta belleza, escribió en su cuaderno.

Esperó a que el sol se pusiera del todo. La noche nació con cielo limpio, sin nubes. Pronto, un manto de estrellas se reflejaba en el agua.

Nuala seguía encogida, abrazando sus piernas, mirando el horizonte ahora perdido. Engullido por la distancia oscura.

Empezó a sentir frío. Sacó su linterna y escribió: *La playa vuelve a mostrarse completa, cansada, recién dormida. Ha merecido su descanso. He de irme. La noche reina y nada me espera en este lugar ahora.*

Cerró el cuaderno y lo ató junto con el que había encontrado en la iglesia.

Miró al mar. La luna se reflejaba como un blanco perfecto. Apuntó y lanzó los libros con todas sus fuerzas.

«¡¡¡Por Simón!!!», gritó.

Tomó el camino de vuelta a su pensión. Tenía que definir qué haría con su vida a partir de entonces.

¿Para qué definir?

EPÍLOGO

Solo unas líneas para comentar un hecho que ocurrió tiempo después de acontecer la historia de Nuala.

Alguien se fue de la boca y el secreto de Simón se filtró. El rumor corrió como la pólvora.

Desde entonces, una multitud de curiosos peregrinan al cementerio para ver el panteón. Montones de ofrendas de flores son retiradas cada fin de semana de la tumba de los marqueses.

El ayuntamiento está encantado. Los vendedores de flores también.

En el muro del cementerio ha aparecido un grafiti que reza lo siguiente: *El marquesado vuelve a traer riqueza a la ciudad. Un respeto, señores...*

Y como firma, un jabalí sobre adoquines.